为自己开一朵花

林清玄 著

北京出版集团公司
北京十月文艺出版社

目录

○ 贰

用岁月在莲上写诗

○ 叁

为自己开一朵花

○ 肆

咸也好，淡也好

○ 伍

温一壶月光下酒

○ 陆

从容彼岸是生活

○

壹

愿一生从容

一生从容

当今之世，
人要活下去，
也是不容易的。
能有点文学艺术修养，
才能活得从容些。
——台静农

在国父纪念馆，每逢假日，总有许多青少年溜直排滑轮，还有一些教练免费指导。

我喜欢看人溜直排滑轮，因为它充满了力、美与速度，如果再年轻几岁，我也想来学溜滑轮。

散步的时候，只要路过国父纪念馆，都会转进去看人溜滑轮，我最喜欢在入口的地方，看教练教导初学滑轮的人。

教练的开场白经常是："溜滑轮最重要的是要先学会跌倒，如果我们懂得跌倒而不受伤，就不会害怕跌倒，学会溜滑轮就很快了。溜滑轮和骑自行车一样，一定会跌倒，不跌倒是不可能学会的。"

教练开始示范，高速跌倒时要如何翻滚，撞到东西时要如何闪避，失去平衡时要先保护重要部位……

看着教练在那里不断地跌倒，我忍不住想："跌倒的学问可真大呀！"

接着，换学员练习跌倒，他们一个个穿戴整齐，有多种安全保护，头盔、护膝、护腕等等，很像外星来的兵团在练习作战。

"一，二，三，扑倒！"

"一，二，三，前滚翻！"

"一，二，三，侧滚翻！"

"一，二，三，相撞！"

听着教练的指挥，学员不断地练习，看来非常有趣。学跌倒学得差不多了，教练问："还怕跌倒的，请举手！"

没有人举手。

"现在，可以自由带开，去溜滑轮了。"教练宣布。

一群人于是往空旷的广场溜去，仿佛射出去的箭。

每次，看人学跌倒，总使我深有感触，想到在实际的人生中，从来没有人教我们怎么去跌倒，也从未有人在一开始就告诉我们：“你的感情会跌倒！你的学业会跌倒！你的事业会跌倒！你的人际关系会跌倒！因为人生和溜滑轮一样，一定会跌倒，不跌倒就不叫作人生！”

由于没有学过跌倒，在每一次跌倒时总是伤得很重，甚至个性比较刚烈的、比较要求完美的人，一跌倒就完了、绝望了、万念俱灰了。

当我们看到有些人为了极轻微的跌倒，就自伤、自残、自戕、自杀，做出比实际跌倒更严重百倍的自我凌虐时，内心总有深深的同情，在同情的时候又忍不住会问：为什么没有人教我们跌倒，为什么我们在成长的过程中没有学过跌倒？

我们总是告诉孩子：“不要深陷感情的泥沼！”却很少告诉孩子：“在感情受伤时，正是显现风格的最好时机，要尊重别人的选择，要善待自己。”

我们总是说：“要尽一切可能地追求成功！”却很少说：“在追求成功的路途上，要给自己留空间，给别人留余地！”

我们总是说：“往前冲，什么都不用怕！”却很少在往前冲时戴头盔、护膝、护腕，做好保护措施，并预先演练跌倒。

人生里的跌倒与失败，几乎是必然的，跌倒的价值是使人坚强，失败的意义则是让我们更珍惜人生。一个人如果学会跌倒，学会认识失败，等于是学会人生的一半了。

不怕跌倒，不畏失败，就能生起一些从容。

从容，是老天送给内心有空间的人最好的礼物。

当我沿街散步，看到美丽的街景，总会停步；看到动人的情景，也会驻足；随情随性地穿街过巷，然后回头看到人潮与车流，向不可知的地方奔赴，我总庆幸自己是个作家，有一些内在空间，有一些从容。

对我来说，写作就是希望的请帖，我只要每天拿这张请帖，就能立即抵达繁华的彼岸。

对我来说，写作就是美好的安慰，我只要每天有新的思维，就能很快发现失败和跌跤的意义。

我不是那么烦恼，也不是那么在意！我不会那么执着，也不会那么僵化！我不爱那么虚无，也不爱那么现实！

我已穿了文学的轮滑鞋，也跌倒过数回，我还会自由地去溜滑轮，比起昔年，我已学会了从容。

最真的梦

这个世界最真实、最深刻的梦想，就是人对于“我”的执着。

每天早晨清醒的时候，“我”就开始发挥作用了，我要吃东西、我要工作、我要上厕所。接着，我的势力范围就划定了，这车子、这房子是我的，这工作、这部属是我的，到处都是我的东西。

即使是独自一人，也很难让我们抛开“我”，行为、言语、思想到处都是我的色彩，我思故我在、我言故我在、我行动故我在，透过这些我才是真实存在着的。

到了晚上睡觉，则是“我累了，我需要休息”。夜里不能控制地做了我的梦，醒来发现一切都是虚妄的。

因为有“我”，活着就有很多的烦恼，要为自己的肚皮、享乐、需要服务，四处奔波，但是，“我”永远没有满足的时候。

因为有“我”，死亡之际有许多恐惧，一方面担心我会永远消失，另一方面则舍不下花许多力气所积聚的事物。

因为有“我”，得之则喜，失之则忧。

我执，是一切贪心、嗔恨、愚痴的根源。

很少很少人会思考“我”的问题，例如我是真实的吗，我的哪一部分最真实？例如我在宇宙时空中到底占什么样的位置？例如我何所从来，何所从去？

当然，“我”不可能是假的，因为我是如此真实，受伤了会痛，工作了会累，肚子饿了会难受。会哭、会笑、会欢喜、会生气。

可是，“我”也不是那么真实，我会长大、会老化，似乎没有一刻是相同与恒常的。我也时常在工作、娱乐、睡眠时沦入忘我的状态，根本忘记了我的存在。而且我知道，如果把我的皮肉、骨髓、呼吸、水分还给这个世界，我的色身失去，我的执着就不真实了。

我不会永远活在这个世界，因为人的寿命有限，我也不能例外。可是似乎我的色身离开这个世界，我也不是完全归于空无。

那么，“我是因何而生？我是因何而灭？生灭之后是否还有生灭？”是每一个有智慧的人都会问的问题。依照佛教的说法，人是从因缘而生的，在某一个时空中，由色、受、想、行、识的习气，汇聚了眼、耳、鼻、舌、身、意，假合了地、水、火、风就形成了我的人身，等到因缘尽了，四大毁坏，一切都归于空无，只留下在种子里的识，等待下一个因缘的会合，如此不断地成住坏空、生住异灭、生老病死，就是轮回。这也是佛教说“无始”的原因，因缘的轮转会合，并没有一个开端。

因而可以这样说：在因缘的本质里，“我”是一个假合，可是在感觉的表象上，我是真实的。

再进一步，我们可以认识到：那时刻在变灭的眼、耳、鼻、舌、身、意，并不是真正的我，从小到大我的眼、耳、鼻、舌、身、意不知道已改变多少，可是我还是我。因此，把这些东西粉碎解散后，一定还有一个“我”在。

不只“我”是因缘所生，连一朵玫瑰花也都是的，玫瑰花若不叫玫瑰花，它也长同一个样子，也一样的香。但是在玫瑰花谢了后，我们不能说没有玫瑰，只能说玫瑰是因缘的假合。此所以玫瑰年年开，劈开玫瑰树却是一无所见。

众生不能明白“我”是假合，因此产生很多我的毛病、我的问题，例如：

我执：由于对我执着的习气长久熏习，因此对世界起差别心，这种“我执”的种子是后世得到各种不同果报的原因。

我见：执着“我是实有”的妄想见解，使我们惑业缠身，不得解脱。

我爱：深生爱着于一己的妄执自我，是人生的根本烦恼，因为我爱，所以我贪，由于贪则深生耽着，无法超越。

我痴：一切疑惑障碍都以愚痴为前导，因此我痴是一切无明烦恼之首。“我痴”就是愚于我相或迷于无我之理的人。

我相：虽然实相的“我”是没有实体的，可是凡夫总是误认实有而执着，这种执着产生了爱我轻人的妄情，甚至发现出我的相状。

我妄想：执着于我的虚妄颠倒之心，来分别诸法之相，产生了谬误的分别，不能如实知见事物。以情生着，则成系缚；若离妄想，则无系缚。

这是多么可悲、凡夫不知道迷界的真实相，而在世间的无常里执常，在诸苦中执乐，在无我上执我，在不净处执净。颠倒妄想就是这样而生的。一个人唯有破了我见、我执、我爱、我相，才会有真实的般若，所以《金刚经》里才说：“无我相、无人相、无众生相、无寿者相、无法相，亦无非法相。”“如来说我者，即非是我，是名为我。”

在梦中有梦，在身外有身，我们知道夜里睡眠时的梦是不真实的，那是因为我们有醒来的时刻，若不醒来，梦则似真。我们不能体验“我”是一个梦，可能是所有梦中最真的梦，那也是因为我们没有醒来的时刻，一旦醒来，我只是一场梦！

所以，人要有醒来的志愿，有醒来的勇气与决心，才不会永远在梦里沉沦而不自知呀！

一步千金

有一个青年，二十岁的时候就因为没有饭吃而饿死了。

他到了阎王爷的面前，阎王从生死簿上查出，这个青年应该有六十岁的年寿，他一生会有一千两黄金的福报，不应该这么年轻就饿死。

阎王心想:“会不会是财神把这笔钱贪污掉了呢? ”于是他把财神叫过来质问。

财神说:“我看这个人命格里天生的文才不错，如果写文章一定会发达，所以把一千两黄金交给文曲星了。”

阎王又把文曲星叫来问。

文曲星说:“这个人虽然有文才，但是生性好动，恐怕不能在文章上发达，我看他武略也不错，如果走武行会较有前途，就把一千两黄金交给武曲星了。”

阎王再把武曲星叫来问。

武曲星说：“这个人虽然文才武略都不错，却非常懒惰，我怕不论从文从武都不容易送给他一千两黄金，只好把黄金交给土地公了。”

阎王再把土地公叫来。

土地公说：“这个人实在太懒了，我怕他拿不到黄金，所以把黄金埋在他父亲从前耕种的田地里，从家门口出来，如果挖一锄头就挖到黄金了。可惜，他的父亲死后，他从来没有挖过一锄头，就那样活活饿死了。”

最后，阎王判了“活该”，然后把一千两黄金缴库。

这是一个流行的民间故事，里面含有非常深刻的寓意：一个人拥有再大的福报和文才武略，如果不肯踏实勤劳地生活，都是无用的。

同时还有另一个寓意是：对于肯去实践的人，每一步、每一锄头都值一千两黄金；如果不去实践，就是埋在最近之处的黄金也看不到啊！

其实，这是再简单不过的道理。从前农业社会的人很容易体会到，唯有实践才是唯一的真理，田里的作物是通过不断耕耘实践才一点一滴长成的。空想，或者理论不管多好，都无助于一粒米的成长。

到了现代社会，由于社会的多元，空想的人逐渐增多了，大家总是希望有什么空隙可以不劳而获，有什么方法可以一步登天，那些老老实实工作的人反而被看成傻瓜，只好继续安贫乐道了。

我认识许多在社会中老老实实过日子的人，他们既不知道股票为何物，也不懂得投资置产，时间久了，看到四周许许多多突然暴发的人，心里难免感到不平衡，由于不平衡，也就不安稳了。

例如,我们会听到某人一个晚上请一桌筵席就花了三十几万元。

例如，我们会听到某一个富豪请吃春酒，一请五百桌，数百万元一夜就请掉了。

例如，我们会听到某人包了一架飞机，请亲戚朋友到国外旅行，以炫耀自己的财力。

例如，我们会听到某人到酒店喝酒，放一沓千元大钞在桌上，凡是点烟的、送毛巾的、端盘子的，人人有份，一人赏一千元。

例如，我们会在报纸上看到，一些有钱的人吃完饭一起到赌场消遣，每个人身上都有几千万元。

在这个社会上，确实有许多人一夜的花天酒地所挥霍的金钱，正是那些勤劳工作的人一生所能赚到的总和。而可笑的是，那些腰缠万贯的富豪，缴的所得税可能还少过一个职员。

不过，也不必感到悲伤，因为在时间这一点上，是很公平的。花天酒地是一夜，冥想静思也是一夜。花数十万元过一夜，在时间上与听音乐过一夜是平等的，而在心性的快乐与精神的启发上，可能单纯平凡的日子更有益哩。使生命感受到丰盈的，不是欲望的扩张，而是心灵深处的触动；使生命焕发价值的，不是拥有多少财富，而是开发了多深的智慧；使人生充满意义的，不是对某一个目标的奔赴，而是每一步都得到心安与踏实。

有钱是很好的，有心比有钱更好。

有黄金是很好的，情感有光芒比黄金更好。

有钻石是很好的，真实的爱比钻石更好。

重如千两的黄金是在生活的每一步里展现的，在眼前的一步，如果没有丰盈的心、细腻的情感、真实的爱，那么再多的黄金也只能成为生命沉重的背负。

除了眼前这一步、当下这一念心，过去的繁华若梦，未来的渺如云烟，都是虚妄而不可把握的呀！

不受人惑

有一位贫苦的人去向天神求救，天神指着眼前的一片麦田对那个人说：“你现在从麦田那边走过来，捡一粒你在田里捡到的最大的麦子，但是，不准回头，如果你捡到了，这整片田地就是你的了。”那人听了心想：“这还不简单！”于是从田间小路走过，最后他失败了，因为他一路上总是抛弃那较大的麦子。这是一个古老的故事，象征了人的欲望永不能满足，以及缺乏明确的判断力。如果用这个故事来看流行的观念，我们会发现在历史的道路上，每一时代都有当时代的流行，当人在更换流行的时候，总以为是找到了更大的麦子，其实不然，走到最后就失去土地了。

流行正是如此，是一种“顺流而行”，是无法回头的。当人们走过一个渡口，要再绕回来可能就是三五十年的时间。像现在流行复古风，许多设计都是五十年代的，离现在已经四十年了，四十年再回首，青春已经不再。

我并不反对流行，但是我认为人的心里应该自有一片土地，并且不渴求能找到最大的麦子（即使找到最大的麦子又如何？最大的麦子与最小的麦子比起来，只不过差一截毫毛），这样才能欣赏流行，不自外于流行，还有很好的自主性。

流行看起来有极强大的势力，却往往是由少数人所主导的，透过强大的传播，消费主义的诱惑，使人不自觉地跟随。例如前年最流行的香水是“毒药”，去年最流行的香水是“轮回之香”，就是传播与消费互动的结果。今年化妆品公司花两千八百万元请来伊莎贝拉·罗塞里尼来推销新的香水（请恕我尚未记得它的名字），也是一种流行的引导。在我们被引导的时候，很少人会问这样的问题：“这香水是我需要的吗？”“这香水是我喜欢的吗？”“这香水值这样的价钱吗？”

我常常对流行下定义：“流行，就是加一个‘0’。”如果我们在百货公司或名品店看到一双皮鞋或一件衣服，拿起标价牌一看，以为多标了一个“0”，那无疑的是正在流行的东西。那个多出来的“0”则是为追流行付出的代价。过了“当季”“当年”，新流行来临的时候，商品打三折或五折，那个“0”就消失了。

因此，我特别崇仰那些以自己为流行的人，像摄影家郎静山，九十年来都穿长袍，没穿过别样式的衣服（他今年一百零一岁，据说十岁开始穿长袍）；像画家梁丹丰，五十年来都穿旗袍（只偶尔为了方便，穿牛仔裤和衬衫）；像《民生报》的发行人王效兰，三十年来都穿旗袍（不管是在盛大的宴会还是球赛现场）。他们不追逐流行，反而成为一种“正字标记”，不论形象和效果都是非常好的——我甚至不敢想象郎静山穿华伦天奴西服，梁丹丰与王效兰穿圣罗兰、卡迪尔套装时，是什么样子。

所以有信心、有本质的人，流行是奈何不了他的，像王建煊的小平头、吴伯雄的秃头、赵耀东的银头，不都是很好看吗？有的少女一年换几十次头型，一下子米粉头、一下子赫本头、一下子朋克头，如果头脑里没有东西，换再多的头型也不会美的。

流行贵在自主，有所选择，有所决断。我们也可以说："有文化就有流行，没有文化就没有流行。"对个人来说是如此，社会也是如此。

我们中国有一个寓言：有一天，八仙之一的吕洞宾下凡，在路边遇到一个小孩子哭泣不已，他就问小孩子："你为什么哭呢？"小孩子就说："因为家贫，无力奉养母亲。""我变个金块，让你拿回去换钱奉养母亲。"吕洞宾被孩子的孝思感动，随手指着路边的大石头，石头立刻变成金块。当他把金块拿给孩子时，竟被拒绝了。"为什么连金块你都不要呢？"吕洞宾很诧异。孩子拉着吕洞宾的手指头说："我要这一只可以点石成金的手指头。"

这个寓言本来是象征人的贪心不足，如果站在流行的立场来看，小孩子的观点是对的，我们宁可要点石成金的手指，不要金块，因为黄金有时而穷（如流行变幻莫测），金手指则可以源源不绝。

什么是流行的金手指呢？就是对文化的素养、对美学的主见、对自我的信心，以及知道生活品位与生命品质并不建立在流行的依附上。

有一阵子，台湾男士有这样的流行：开奔驰汽车，戴劳力士满天星手表，用都彭打火机，喝XO，穿路易·威登的皮鞋，戴圣罗兰的太阳眼镜，穿皮尔·卡丹的西装，甚至卡文·克莱的内衣裤（现在依然如此流行）。这样人模人样的人，可能当街吐槟榔汁，每开口的第一句是“三字经”，或是杀人不眨眼的通缉犯。想一想，流行如果没有文化、美学、品位做基础，实在是十分可悲的。

讲流行讲得最好的,没有胜过达摩祖师的。有人问他到震旦（中国）做什么？他说:“来寻找一个不受人惑的人。”

一个人如果有点石成金的手指,知道麦田里的麦子都差不多大，那么，再炫奇的流行也迷惑不了他了。

前年奥斯卡金像奖的得奖影片《上班女郎》里面有句精彩的对白:“我每天都穿着内衣在房间里狂舞，但是到现在我还不是麦当娜。”是的，我们永远不会变成流行的主角，那么，何不回来做自己的主角呢？当一个人抓住流行的尾巴，自以为是流行的主角时，已经成为跑龙套的角色，因为在流行的大河里，人只是河面上一粒浮沤。

跟着感觉走

看见美丽的景象，听到悦耳的声音，闻嗅优雅的香气，品尝美味的食物，穿上舒适的衣服，想象快乐的情景，都会使我们生起欢喜的心，这种由于内外刺激到感觉器官而产生的意识作用，就叫“感觉”。

凡是众生，都喜欢跟着感觉走，感觉好就欢欣，感觉不好就颓丧；为了满足感觉，我们的一生都在追逐，有了很好的东西，还要贪求更好的；万一不能得到满足，就产生嗔恨；贪心与嗔恨使人盲目，就做出许多愚痴的事。

对于感觉的执迷，是众生贪、嗔、痴、慢、疑的根源，贪、嗔、痴、慢、疑五种毒素长久熏习浸染，就会造成无明，迷障我们的本心，无明的迷障是我们一再轮回于宇宙之中，流浪于六道，飘零在三界的原因。所以，感觉是堕入轮回的根本！我们跟着感觉走，会产生什么结果呢？《地藏菩萨本愿经》有一段经文：

地藏菩萨若遇杀生者，说宿殃短命报。
若遇窃盗者，说贫穷苦楚报。
若遇邪淫者，说雀鸽鸳鸯报。

若遇恶口者，说眷属斗争报。
若遇毁谤者，说无舌疮口报。
若遇嗔恚者，说丑陋癃残报。
若遇悭吝者，说所求违愿报。
若遇饮食无度者，说饥渴咽病报。
若遇畋猎恣情者，说惊狂丧命报。
若遇悖逆父母者，说天地灾杀报。
若遇烧山林木者，说狂迷取死报。
若遇前后父母恶毒者，说返生鞭挞现受报。
若遇网捕生雏者，说骨肉分离报。
…… ……

说的是果报的可怕，却也让我们认识到，这些果报的原因就是“跟着感觉走”。如果我们随着没有自主力、没有慧力、没有定力的感觉进去了，就会亿劫轮回，永无出期了。

有了感觉，就有受想行识，就有爱恨情仇，就有受生的因，就会一再地投胎，正如《楞严经》里说的：“想爱同结，爱不能离，则诸世间父母子孙相生不断。”

在感觉中，最强烈的是“感情”，人的喜乐或忧苦固然可以因食物、衣着等基本需要而有不同，但真正的悲喜之根是感情和爱欲，要从其中得到超拔，非从转化拔除情欲不可，这种拔转，是由“感觉”进入“知觉”，最后“转识成智”，以至于圆满。

佛教里所称的“识”，就是“感觉”。

我们众生都具有眼、耳、鼻、舌、身、意六根（感觉的器官），这六根会因缘着色、声、香、味、触、法六境（六种对象），而生起六种感觉（六识）。六识里以“意识”统摄，做其他识的知觉与判断，可是当我们被六识推动时，通常只有“感觉”而没有“觉悟”。

因为，感觉的识是没有定相的，会因时间、空间、对象的不同而改变，同一个人，我们在前一段时间爱得要命，后一段时间却恨之入骨；我们的朋友在每一个阶段都不同；我们童年爱吃爱玩的事物，现在已经弃如敝屣了！

我们如是被识牵引，却很少人自知，正如《大智度论》里说的：“如车有两轮，牛力牵故，能有所至。二世因缘，以成身车，识牛所牵，周旋往反。”我们的身体是车，感觉是牛，跟着感觉走就像众生受业牵引，轮回六道，不得解脱。佛教里还有“六窗一猿”的说法，认为人的六种感觉像六面窗户，里面有一只共同跳跃不定的猿猴（即是意识），意识有十个不同的名字，光是看这些名字，我们就能知道它的特质：第六识、意识、攀缘识、巡旧识、波浪识、分别事识、人我识、四住识、烦恼障识、分段死识——如果不是对于因缘的攀附、感念旧情、人我的爱恨，我们是不会如波浪在生死海中不断漂浮流动的呀！

不想再入生死、不愿再轮回的人就不能再跟着感觉走了，要开发第七识（末那识）、第八识（阿赖耶识），乃至摄论宗的第九识、真言宗的第十识等等，开发我们的心王，牵住那只猴子、驾驭那头牛，走向坦荡的菩提之道。

“末那识”大约相当于心理学所说的“潜意识”，这一识微细相续，不用外力，自然而起，恒与我痴、我见、我慢、我爱四烦恼相应，是“我执”的根本，如果此识执着迷妄就会造诸恶业，如果断灭烦恼，就能彻悟人法二空，所以又称“染净识”“思量识”。

“阿赖耶识”有几种含义，以其为诸法根本，故称“本识”；以其为诸识中作用最强，故称“识王”；以其为宇宙万有之本，能含藏万有，存之不失，故称“藏识”；以其能含藏生长万有的种子，故称“种子识”。就是在我们抛开了一切“感觉”，脱落了一切“我执”之后的那个真真实实、清清白白的实我。

在这个时代，能思量理解生死问题的人很少，想要找到生死种子的人就更少了，大多数人跟着感觉走，随业流转，在生死大海中做波臣，流浪往复，永不休止，想来真是可哀的。

每次我在医院里看到初生婴儿吸第一口气时放声大哭，心里就感慨不已：又是一个新的生命，又要来一次生老病死，又要饿了吃、渴了饮、欲了爱、想了烦恼，被感觉的牛拉着在荆棘满布的路上奔波不停。什么时候牛车才能歇止呢？

和时间赛跑

读小学的时候，我的外祖母去世了。外祖母生前最疼爱我。我无法排除自己的忧伤，每天在学校的操场上一圈一圈地跑着，跑得累倒在地上，扑在草坪上痛哭。

那哀痛的日子持续了很久，爸爸妈妈也不知道如何安慰我。他们知道与其欺骗我说外祖母睡着了，还不如对我说实话：外祖母永远不会回来了。

“什么是永远不会回来了呢？”我问。

“所有时间里的事物，都永远不会回来了。你的昨天过去了，它就永远变成昨天，你再也不能回到昨天了。爸爸以前和你一样小，现在再也不能回到你这么小的童年了。有一天你会长大，你也会像外祖母一样老，有一天你度过了你的所有时间，也会像外祖母永远不能回来了。”爸爸说。

爸爸等于给我一个谜语，这谜语比课本上的“日历挂在墙壁，一天撕去一页，使我心里着急”和“一寸光阴一寸金，寸金难买寸光阴”还让我感到可怕；也比作文本上的“光阴似箭，日月如梭”

更让我觉得有一种说不出的滋味。

以后，我每天放学回家，在庭院看着太阳一寸一寸地沉进了山头，就知道一天真的过完了。虽然明天还会有新的太阳，但永远不会有今天的太阳了。

我看到鸟儿飞到天空，它们飞得多快呀。明天它们再飞过同样的路线，也永远不是今天了。或许明天再飞过这条路线，不是老鸟，而是小鸟了。

时间过得飞快，使我的小心眼里不只是着急，还有悲伤。有一天我放学回家，看到太阳快落山了，就下决心说："我要比太阳更快回家。"我狂奔回去，站在庭院里喘气的时候，看到太阳还露着半边脸，我高兴地跳起来。那一天我跑赢了太阳。此后我常做这样的游戏，有时和太阳赛跑，有时和西北风比赛，有时一个暑假的作业，我十天就做完了。那时我三年级，常把哥哥五年级的作业拿来做。每一次比赛胜过时间，我就快乐得不知道怎么形容。

后来的二十年里，我因此受益无穷。虽然我知道人永远跑不过时间，但是可以比原来跑快一步，如果加把劲，有时可以快好几步。那几步虽然很小很小，用途却很大很大。

如果将来我有什么要教给我的孩子，我会告诉他：假若你一直和时间赛跑，你就可以成功。

半梦半醒之间

去买闹钟的时候,钟表店的老板建议我买一种“懒人闹钟”。“什么是懒人闹钟呢?”“懒人闹钟是为了懒人而设计的,一般闹钟响时只有一种声音,懒人闹钟响的时候,节奏由慢而快,由缓而急,到最后会闹得人吃不消;一般闹钟一按就停,懒人闹钟按了不会停,每隔五分钟它就会再响起来,除非把总开关关掉。”老板边说边从橱柜中取出一个体积很小的电子钟,示范给我看。

“什么样的人会买这种懒人闹钟呢?”“一般人都会买呀!因为大家对自己都不是绝对有信心的,特别是冬天的清晨要起床真不容易。”

“可是,如果他起来把总开关关掉,这闹钟还是没有用。”

“对呀!对于真正的懒人,再好的闹钟也没有用,闹钟是给那些介于半梦半醒之间的人使用的。”

与我一向熟识的钟表行老板,讲出这么有哲理的话,令我颇为惊异,于是我接着问:“什么是半梦半醒之间呢?”

老板说：“一个人刚被闹钟唤醒的时候，就处在半梦半醒之间，如果一听到闹钟响，立刻能处在清醒的状态，这种人在佛教里叫作‘慧根’，如果闹钟怎么叫也叫不醒，甚至爬起来把总开关关掉，这种人叫‘钝根’。一般人既不是慧根，也不是钝根，而是‘凡根’。所谓凡根，是会清醒，会迷失；会升华，也会堕落；是听到闹钟响时，徘徊挣扎在半梦半醒之间，对这样的人，一个好闹钟才是有帮助的。在半梦半醒之间的人，是比较易于再入梦、不易于醒来的，这时需要一再地叮咛、嘱咐、催促，懒人闹钟在这时就能发挥它的效益。”

真没有想到钟表行老板是一个哲学家，最后我就买了一个懒人闹钟回家。每天清晨闹钟响的时候，我总是想起老板所说的话，口念阿弥陀佛，立刻跃起，关掉闹钟的总开关，开始一天的工作，因为我希望做一个有“慧根”的人。

过了一阵子，我的懒人闹钟竟坏掉了，拿去检修，查出来的原因是，由于太久没有让它“闹”，最后这闹钟竟不会闹了。老板说：“电子的东西就是这样，你让它没机会叫，过一阵子它就不会叫了。”

回家的路上，我想到，如果依“慧根、钝根、凡根”来推论，一个有慧根的觉醒者，长久不让妄想、执着有出头来闹的机会，最后就会连无明习气都不会叫了。

其实，“凡心”与“佛心”并无差别，凡心是迷梦未醒的心，佛心是长睡中悠悠醒来的心；凡心是未开的花苞，佛心是已开的花朵。未开者是花，已开者也是花，只不过已开的花有美丽的色彩，有动人的香气，能展现春天的消息罢了。

我们既没有慧根能彻底地觉醒，但我们也不是完全迷梦的钝根，我们一般人都是介于梦与醒的边缘，都是在半梦半醒之间，就在此时此地的生活里，我们不全是活在泥泞污秽的大地；在某些时刻，我们的心也会飞翔到有晴空丽日、有彩虹朝霞的境界；偶尔我们也会有草地一般柔美、月亮一样光华、星辰一样闪烁的时刻，有一种清明的态度来看待生命。

那种感觉，就像清晨被闹钟从睡梦中唤醒。

可惜复可叹的是，当闹钟响过之后，我们很快地会被红尘烟波所淹没，又沦入了梦中。

醒是好的，但醒不能离开梦而独存；觉是好的，但觉也不能离开迷惘而起悟。

生活中本就有梦与醒、迷与觉的两面，人在其中彷徨、挣扎、奋斗、追求，才使生命的意义、永恒的价值在历程中闪闪生辉，这就是达摩祖师为什么写下如此动人的偈语的缘故：

亦不睹恶而生嫌，亦不观善而勤措；
亦不舍智而近愚，亦不抛迷而求悟。

人生的不完满并不可怕，人投生到有缺憾的娑婆世界也不可怕，怕的是永远迷途而不觉，永堕沉梦而不惊；怕的是在心灵中没有一个闹钟，随时把我们从无明、习气、妄想、执着中叫醒。

我们从睡梦中醒来的时候，向人宣说梦境，《般若经》说这是“梦中说梦”，因为人生就是一个大梦，睡眠中的梦固是虚假不实，人所走过的生命何处能寻找真切的足迹呢？《入楞伽经》中，佛说：“诸凡夫痴心执着，堕于邪见，以不能知但是自心虚妄见故。是故我说一切诸法如梦如幻，无有实体。”——一切诸法无有实体，如梦如幻，梦幻本空，悉无所有，凡夫执着于我，所以沉沦于生死大海中轮转不已，迷梦也就无法终止。

梦中还有梦在，这是生命的遗憾，而觉中还有觉在，则是生命的幸运。觉，是菩提之意，是对烦恼的侵害可以察觉，对无明昏暗能明朗了知，心性远离妄想，而能照能用，做自己的主宰。

幻化如花，花果飘零之后，另外的花从哪里开呢？梦境如流，河水流过之后，新的河水由何处流来呢？《圆觉经》里说：“一切众生种种幻化，皆生如来圆觉妙心，犹如空花，从空而有，幻花虽灭，空性不坏，众生幻心，还依幻灭，诸幻尽灭，觉心不动。”在落花的根部、在流水的源头，有一个有生机的、清明的地方，只要我们寻根溯源，就能在那里歇息了。

善男子，善女人，在半梦半醒之间，让我们听着心的闹钟吧！一跃而起，走向清净、庄严、究竟之路。

随风吹笛

远远的地方吹过来一股凉风。

风里夹着呼呼的响声。

侧耳仔细听，那像是某一种音乐，我分析了很久，确定那是笛子的声音，因为箫的声音没有那么清晰，也没有那么高扬。

由于来得遥远，使我对自己的判断感到怀疑：有什么人的笛声可以穿透广大的平野，而且天上还有雨，它还能穿过雨声，在四野里扩散呢？笛的声音好像没有那么悠长，何况只有简单的几种节奏。

我站的地方是一片乡下的农田，左右两面是延展到远处的稻田，我的后面是一座山，前方是一片麻竹林。音乐显然是来自麻竹林，而后面的远方仿佛也在回响。

竹林里是不是有人家呢？小时候我觉得所有的林间，竹林是最神秘的，尤其是那些历史悠远的竹林。因为所有的树林再密，阳光总可以毫无困难地穿透，唯有竹林的密叶，有时连阳光也无能为力；

再大的树林也有规则，人能在其间自由行走，唯有某些竹林是毫无规则的，有时走进其间就迷途了。因此，自幼父亲就告诉我们“逢竹林莫入”的道理，何况有的竹林中是有乱刺的，像刺竹林。

这样想着，使我本来要走进竹林的脚步又迟疑了，在稻田田埂坐下来，独自听那一段音乐。我看看天色尚早，离竹林大约有两里路，遂决定到竹林里去走一遭——我想，有音乐的地方一定是安全的。

等我站在竹林前面时，整个人被天风海雨似的音乐震慑了，它像一片乐海，波涛汹涌，声威远大，那不是人间的音乐，竹林中也没有人家。

竹子的本身就是乐器，风是指挥家，竹子和竹叶便是演奏者。我研究了很久才发现，原来竹子洒过了小雨，上面有着水渍，互相摩擦便发生尖厉如笛子的声音。而上面满天摇动的竹叶间隙，即使有雨，也阻不住风，发出许多细细的声音，配合着竹子的笛声。

每个人都会感动于自然的声音，譬如夏夜里的蛙虫鸣唱，春晨雀鸟的跃飞歌唱，甚至刮风天里滔天海浪的交响。凡是自然的声音没有不令我们赞叹的，每年到冬春之交，我在寂静的夜里听到远处的春雷乍响，心里总有一种喜悦的颤动。

我有一个朋友，偏爱蝉的歌唱。孟夏的时候，他常常在山中独坐一日，为的是要听蝉声，有一次他送我一卷录音带，是在花莲山中录的蝉声。送我的时候已经冬天了，我在寒夜里放着录音带，一时万蝉齐鸣，使冷漠的屋宇像是有无数的蝉在盘飞对唱，那种经验的美，有时不逊于在山中听蝉。

后来我也喜欢录下自然的声籁，像溪水流动的声音、山风吹拂的声音，有一回我放着一卷写明“溪水”的录音带，在溪水琤琮之间，突然有两声山鸟长鸣的锐音，盈耳绕梁，久久不灭，就像人在平静的时刻想到往日的欢愉，突然失声发出欢欣的感叹。

但是我听过许多自然之声，总没有这一次在竹林里感受到那么深刻的声音。原来在自然里所有的声音都是独奏，再美的声音也仅弹动我们的心弦，可是竹林的交响整个包围了我，像是百人的交响乐团刚开始演奏的第一个紧密响动的音符。那时候我才真正知道，为什么中国许多乐器都是竹子制成的，因为没有一种自然的植物能发出像竹子那样清脆、悠远、绵长的声音。

可惜的是我并没有能录下竹子的声音，后来我又去了几次，不是无雨，就是无风，或者有风有雨却不像原来配合得那么好。我了解到，原来要听上好的自然声音仍是要有福分的，它的变化无穷，每一刻全不相同，如果没有风，竹子只是竹子，有了风，竹子才变成音乐，而有风有雨，正好能让竹子摩擦生籁，竹子才成为交响乐。

失去对自然声音感悟的人是最可悲的，当有人说“风景美得像一幅画”时，境界便低了，因为画是静的，自然的风景是活的、动的；而除了目视，自然还提供各种声音，这种双重的组合才使自然超拔出人所能创造的境界。世上有无数艺术家，全是从自然中吸取灵感，但再好的艺术家，总无法完全捕捉自然的魂魄，因为自然是有声音有画面，还是活的，时刻都在变化的，这些全是艺术达不到的境界。

最重要的是，再好的艺术一定有个结局，自然是没有结局的。明白了这一点，艺术家就难免兴起“念天地之悠悠，独怆然而涕下”的寂寞之感。人能绘下《长江万里图》令人动容，但永远不如长江的真情实景令人感动；人能录下蝉的鸣唱，但永远不能代替看美丽的蝉在树梢唱出动人的歌声。

那一天，我在竹林里听到竹子随风吹笛，竟忘记了时间的流逝，等我走出竹林，夕阳已徘徊在山谷。雨已经停了，我却好像经过一场心灵的沐浴，把尘俗都洗去了。

我感觉到，只要有自然，人就没有自暴自弃的理由。

偶然或者坚持

被潮水打上岸的，有许多东西。

最令人注目的，是很多被冲上岸的枯枝，经过海的塑洗，枯枝总是呈现出神秘而坚实的风貌，有的像生铁塑成的雕塑，有着冷而寂静的忧伤。

这些岸上的枯枝宜于联想，它的前一段旅程是汹涌之海，再前面可能是雨季暴涨的溪河，再前面或许是幽深的山林或辽阔的平原，在一个不可知的地方曾经紧紧地抓住土地。

它所启示的正是无常的不可思议。

其实，我们的行程何尝不是这样呢？在岁月的河流里被刷洗、被冲击、被推动，流向一片茫漠而不可知的大海。

大部分被冲到海岸的枯枝都无力地躺着，只有极少数的枯枝会偶然站着，宁死也不屈；岁月之流中的人们也是如此，在最终点的地方，只有极少数人还维持着尊严与品质，与海岸枯枝不同的是，那不是偶然，而是坚持。

行走水上的人

从前，在舍卫国东南方有一条很大的江，江水既深又广。江边住了五百多户人家，习性都非常刚强，他们善于欺诈的生活，并且自私贪利，总是放纵心意地过日子。他们从来没有听过任何道德的教化，更别说度脱世间的佛法了。

佛陀释迦牟尼知道他们的情形，非常悯念他们，想要去度化他们。于是，佛陀就走到江边，坐在大树下，江边的村人见到树下来了一个长相非凡的陌生人，全身散放奇异的光芒，没有不感到惊奇而肃然起敬的。

有许多人到树下看佛陀，并且礼拜问讯，佛陀就叫那些围着他的村人坐下，开始为他们讲经说法。可是由于村人长久以来习于互相欺骗，使他们无法相信真实的语言，虽然听了佛陀的真言，心里却不相信。

就在这个时候，有一个人从江的南岸来了，他的双脚从水面上走过，水只淹到他足踝的地方。那人一直走到佛陀前面，稽首礼拜佛陀。众人看了无不感到惊奇怪异。

村人就问那从南方来行走在水上的人："我们数代居住在这江边很久了，从祖先以来，未曾听说有人能在水上行走，你到底是什么人，有什么道术？竟然可以在水上行走而不沉没呢？"

那人回答说："我只是居住在江南的一个平凡百姓，喜欢亲近有道德的人，我听说佛陀在这里，就想过江来亲近他。可是到了南方的江岸，找不到渡船过来，我就问岸边的人这水是深是浅，岸边的人告诉我：'这水只到足踝,何不涉水走过去呢？'我听信他的话，就这样走过来了，并没有什么神奇的法术。"

佛陀听了，当时就赞叹那行走在水上的人："善哉！善哉！其实人相信真理，生死的大海都可以渡过，以诚信而渡过数里的江水，又有什么稀奇呢？"

村人听了佛陀的说法，看到渡江过来的人，心意豁然开朗，对佛开始有坚定的信仰，并且受了五戒，开始修行，佛法就传遍了整个江岸。

这个故事出自《法句譬喻经》的《笃信品》，是在说明信仰的重要，当一个人有了绝对的信心，他从水面上走过并不是什么稀奇的事。这个故事是象征一个人要从生死的大海中解脱出来，就必须对佛有绝对的信心，因为信心乃是一切的基础。

如果是从净土来讲，就是确信有西方净土，是可以凭借信心与愿力去往生的。从禅来说，就是确信自性与佛无二无别，只要自性完全开启，就能契入法性，成佛有望。从密来说，就是确信佛、菩萨、本尊、上师、护法有不可思议的加持，凭借他们的威神力与自心修持密印，就能即身成佛。乃至不管修持什么法门，唯有绝对的信仰才能成就。

所以，我们要进入佛世界、禅世界、密世界、净土世界，依凭信仰而来的修持是最重要的，经典的研究、仪式的讲求都还在其次。没有通过信的实践，而想靠思维辩证来理解佛教是完全不可能的，这就像佛给我们一个杯子喝水，我们不去装水喝，而把杯子打破去研究它的成分一样，失去了杯子的原意。

在佛教的信仰如此，人生的信念又何尝不如此呢？一个人要成就小小的事功，都应该要有强大的信念，才能在生命险恶的波涛中行走水上，为理想而不懈奋斗；何况是一个人要成佛作祖、拯救众生，如果没有坚持信仰，努力实践，又如何成就、如何渡过生死的大海呢？

○

贰

用岁月在莲上写诗

红心番薯

看我吃完两个红心番薯，父亲才放心地起身离去，走的时候还落寞地说:“为什么不找个有土地的房子呢？”

这次父亲北来，是因为家里的红心番薯有了收成，特地背了一袋给我，还挑选几个格外好的，希望我种在庭前的院子里。他万万没有想到，我早已从郊外的平房搬到城中的大厦，根本是容不下绿色的地方，甚至长不出一株狗尾草，更不要说番薯了。

到车站接了父亲回到家里，我无法形容父亲的表情有多么近乎无望。他在屋内转了三圈,才放下提着的麻袋,愤愤地说:“伊娘咧！你竟住在无土的所在！”一个人住在脚踏不到泥土的地方，父亲不能忍受,这也是我看到他的表情才知道的。然后他的愤愤转成喃喃:“你住在这种上不着天下不落地的所在,我带来的番薯要种在哪里？要种在哪里？”

父亲对番薯的感情，也是这两年我才深切知道的。

有一次是我站在旧家前，看着河堤延伸过来的苇芒花，在微凉的秋风中摇动着。那些遍地蔓生的苇芒长得有一人高，我看到较近的苇芒摇动得特别厉害，凝神注视，才突然看到父亲走在那一片苇芒里，我大吃一惊。原来父亲的头发和秋天灰白的苇芒花是同一个颜色，他在遍生苇芒的野地里走了几百公尺，我竟未能看见。

那时我站在家前的番薯田里，父亲来到我的面前，微笑地问："在看番薯吗？你看长得像羊头一样大了哩！"说着，他蹲下来很细心地拨开泥土，捧出一个精壮圆实的番薯来，以一种赞叹的神情注视着。我带着未能在苇芒花中看见父亲身影的愧疚心情，与他面对面地蹲着。父亲突然像儿童一样天真欢愉地叹了一口气，很自得地说："你看，恐怕没有人种番薯种得比我好了。"然后他小心翼翼地把那个番薯埋入土中，动作像在收藏一件艺术品，神情庄重而带着收获的欢愉。

父亲的神情使我想起幼年有关番薯的一些记忆。有一次我和几位大陆的小孩子吵架，他们一直骂着："番薯呀！番薯呀！"我们就回骂："老芋呀！老芋呀！"对这两个名词我是疑惑的，回家询问了父亲。那天他喝了几杯老酒，神情甚为愉快，他打开一张老旧的地图，指着台湾的那一部分说："台湾的样子真是像极了红心的番薯，你们是这番薯的子弟呀！"而无知的我便指着北方广大的大陆说："那，这大陆的形状就是一个大的芋头了，所以大陆人是芋仔的子弟？"父亲大笑起来，抚着我的头说："憨囡仔，我们也是大陆来的，只是来得比较早而已。"

然后他用一支红笔，从我们遥远的北方故乡有力地画下来，连到我们所居的台湾南部。那是我第一次在十烛光的灯泡下认识到，芋头与番薯原来是极其相似的植物，并不是我们想象中那么判然有别的。也第一次知道，原来在东北会落雪的故乡，也遍生着红心的番薯！

更早的记忆是从我会吃饭开始的。家里每次收获番薯，总是保留一部分填置在木板的眠床底下。我们的每餐饭中一定煮了三分之一的番薯，早晨的稀饭里也放了番薯，有时吃腻了，我就抱怨起来。

听完我的抱怨，父亲就激动地说起他少年的往事。他们那时为了躲警报，常常在防空壕里一窝就是一整天。所以祖母每每把番薯煮好放着，一旦警报声响，父亲的九个兄弟姐妹就每人抱两三个番薯直奔防空壕，一边啃番薯，一边听飞机和炮弹四处交响。他的结论常常是："那时候有番薯吃已经是天大的幸福了。"他说完这个故事，我们只好默然地把番薯扒到嘴里去。

父亲的番薯训诫并不是都如此严肃，偶尔也会说起战前在日本人的小学堂中放屁的事。由于吃多了番薯，屁有时是忍耐不住的，当时吃番薯又是一般家庭所不能免，父亲形容说："因此一进了教室往往是战云密布，不时传来屁声。"他说放屁是会传染的，常常一呼百应，万众皆响。有一回屁放得太厉害，全班被日本老师罚跪在窗前，即使跪着，屁声仍然不断。父亲玩笑地说："因为跪的姿势，屁声好像更响了。"他说这些的时候，我们通常吃番薯吃得比较甘心，放起屁来也不以为忤了。

然后是一阵战乱，父亲到南洋打了几年仗。在丛林之中，时常从睡梦中把他唤醒、时常让他在思乡时候落泪的，不是别的珍宝，只是普普通通的红心番薯。它烤炙过的香味，穿过数年的烽火，在万金家书也不能抵达的南洋，温暖了一位年轻战士的心，并呼唤他平安地回到家乡。他有时想到番薯的香味，一张像极番薯形状的台湾地图就清楚地浮现出来，思绪接着往南方移动，接下来的图像便是温暖的家园，还有宽广无边结满黄金稻穗的大平原……

战后返回家乡，父亲做的第一件事便是在家前家后种满了番薯，日后遂成为我们家的传统。家前种的是白瓤番薯，粗大壮实，可以长到十斤以上一个；屋后一小片园地是红心番薯，一串一串的果实，细小而甜美。白瓤番薯是为了预防战争逃难而准备的，红心番薯则是父亲南洋梦里的乡思。

每年一到父亲从南洋归来的纪念日，夜晚的一餐我们通常不吃饭，只吃红心番薯，听父亲述说战争的种种，那是我农夫父亲的忧患意识。他总是记得饥饿的年代里番薯是可以饱腹的。如今回想起来，一家人围着小灯食薯，那种景况我在梵高的名画《食薯者》中几乎看见。在沉默中，那是庄严而肃穆的。

在富裕的此时此地，父亲的忧患恍若一个神话。大部分人永远不知有枪声，只有极少数经历过战争的人，在他们的心底有一段番薯的岁月，那岁月里永远有枪声时起时落。

由于有那样的童年，日后我在各地旅行的时候，便格外留心番薯的踪迹。我发现在我们所居住的这张番薯形状的地图上，从最北角到最南端，从山坡上贫瘠的石头地到河岸边肥沃的沙埔，番薯都能够坚强地、不经由任何肥料与农药而向四方生长，并结出丰硕的果实。

有一次，我在澎湖的无人岛上，看到人所耕种的植物几乎都被野草吞灭了，只有遍生的番薯还在和野草争着方寸，在无情的海风烈日下开出一片淡红的晨曦颜色的花，而且在最深的土里，各自紧紧握着拳头。那时我知道在人所种植的作物之中，番薯是最强悍的。

这样想着，幼年家前家后的番薯花突然在脑中闪现，番薯花的形状和颜色都像牵牛花，唯一不同的是，牵牛花不论在篱笆上还是在阴湿的沟边，都是抬头挺胸，仿佛要探知人世的风景；番薯花则通常是卑微地依着土地，好像在嗅着泥土的芳香。在夕阳将下之际，牵牛花开始萎落，而那时的番薯花却开得正美，淡红夕云一样的色泽，染满了整片土地。

正如父亲常说的，世界上没有一种植物比得上番薯，它从头到脚都有用，连花也是美的。现在连台北最干净的菜场也有卖番薯叶的，价钱还颇不便宜。有谁想到这是在乡间最卑贱的菜，是逃难的时候才吃的?

在我居住的地方，巷口本来有一位卖糖番薯的老人，一个滚圆的大铁锅，挂满了糖渍过的番薯，开锅的时候，一缕扑鼻的香味四面扬散，那些番薯是去皮的，长得很细小，却总像记录着某种心底的珍藏。有时候我向老人买一个番薯，一边散步回来一边吃着，那蜜一样的滋味进了腹中，却有一点儿酸苦，因为老人的脸总使我想起在烽烟中奔走过的风霜。

老人是离乱中幸存的老兵，家乡在山东偏远的小县城。有一回我们为了地瓜问题争辩起来，老人坚称台湾的红心番薯如何也比不上他家乡的红瓤地瓜，他的理由是:“台湾多雨水，地瓜哪有俺的家乡甜？俺家乡的地瓜真是甜得像蜜！”

老人说话的神情好像他已回到家乡，站在地瓜田里。看着他的神情，使我想起父亲和他的南洋、他在烽火中的梦，我才真正知道，番薯虽然卑微，它却连接着乡愁的土地，永远在乡思的天地里吐露新芽。

父亲送我的红心番薯，过了许久，有些要发芽的样子，我突然想起在巷口卖糖番薯的老人，便提去巷口送他，没想到老人改行卖牛肉面了，我说:“你为什么不卖地瓜呢？”老人愕然地说:“唉！这年头，人连米饭都不肯吃了，谁来买俺的地瓜呢？”我无奈地提番薯回家，把番薯袋子丢在地上，一个番薯从袋口跳出来，破了，露出鲜红的血肉。这些无知的番薯，为何经过三十年，心还是红的，不肯改一点儿颜色？

老人和父亲生长在不同背景的同一个年代，他们在颠沛流离的大时代里，只是渺小而微不足道的人，可能只有那破了皮的红心番薯才能记录他们心里的颜色。那颜色如清晨的番薯花，在晨曦掩映的云彩中，曾经欣欣地茂盛过，曾经以卑微的累累球根互相拥抱、互相温暖，他们之所以能卑微地活过人世的烽火，是因为在心底的深处有着故乡的骄傲。

站在阳台上，我看到父亲去年给我的红心番薯，我任意种在花盆中，放在阳台的花架上。如今，它的绿叶已经长到磨石子地上，有的甚至伸出阳台的栏杆，仿佛在找寻什么。每一丛红心番薯的小叶下都长出根的触须，在石地板上久了，有点儿萎缩而干枯。那小小的红心番薯是在找寻它熟悉的土地吧！因为土地，我想起父亲在田中耕种的背影，那背影的远处，是他从芦苇丛中远远走来，到很近的地方，花白的发冒出了苇芒。为什么番薯的心还红着，父亲的发竟白了？

在我十岁那年，父亲首次带我到都市来，我们行经一片被拆除公寓的工地，工地堆满了砖块和沙石。父亲在堆置的砖块缝中一眼就辨认出几片番薯叶子，我们循着叶子的茎络，终于找到一株几乎被完全掩埋的根，父亲说：“你看看这番薯，根上只要有土，它就可以长出来。”然后他没有再说什么，执起我的手，走路去饭店参加堂哥的隆重婚礼。如今我细想起来，那一株被埋在建筑工地的番薯是有着逃难的身世的，由于它的脚在泥土上，苦难无法掩埋它。比起这些种在花盆中的番薯，它有着另外的命运和不同的幸福，就像我们远离了百年的战乱，住在看起来隐秘而安全的大楼里，却多了失去泥土的悲哀——伊娘咧！你竟住在无土的所在。

星空夜静，我站在阳台上仔细端凝盆中的红心番薯，发现它吸收了夜的露水，在细瘦的叶片上，片片冒出了水珠，每一片叶都沉默地小心地呼吸着。那时，我几乎听到了一个有泥土的大时代，上一代人的狂歌与低吟都埋在那小小的花盆中，只有静夜的敏感才能听见。

道心第一

当代禅师圣严在给弟子开示时，曾提出他自己用来自勉的两段话："多听多看少说话，快手快脚慢用钱。""道心第一，健康第二，学问第三。"这两段话应用于实际生活里确是金玉良言。

圣严禅师生逢动乱中的时代，没有受过正规的基础教育，当一般儿童读小学的年纪，他因为家贫而失学去做童工；一般少年在读中学的年纪，他因为出家而在上海滩跑殡仪馆赶经忏；一般青年在读大学与研究生的年龄，他因为国家动乱而在行伍里当兵。等到退伍再度出家时，已年近不惑了。他自感身世飘零，学识不足，始发愤读书，东渡日本留学，他以超人的毅力在短短的六年间完成硕士与博士学位，他自谦说是得力于"多听多看少说话，快手快脚慢用钱"两句话。

他说："我在用水之时，每会忆及大陆久旱之岁，以及渡海来台湾时，船上饮水难得之痛苦，便不敢多浪费了。我在受食之时，每能念及抗日战争期间，无糖、缺盐、无米、缺油，乃至火柴难求的日子。我在接受新衣之时，总觉得不敢消受，念及出家时衣单无着，又想到初到台湾时仅有一身衣裤的日子。我在就寝之时，往往自然想到东京四叠半的蜗居时代。我在日光灯下时，还会勾起山居豆火油灯的情景。这都是由于往昔生中未能惜福培福，所以今生福薄而尝到了冻馁缩涩之报。”这段话读来令人动容感慨，我们过去的生活虽不至此，但庶几近之。可是好像才没有几年的时间，我们社会上年轻的“新人类”已不知培福惜福为何物，而中年一代的“新贵族”，虽曾有苦难的过去，却希望用物欲的满足来做加倍的补偿，他们给下一代的教育也没有“惜福培福”这样的东西了。两代如此，三代以下更不用说了。

不但社会一般人欲望泛滥，不知培福惜福，甚至学习佛教者也受了感染，有人发展出这样的谬见：“福报各自本具，应当享用，并能愈用愈多。若不享受，则如草木无水，日益枯萎。”圣严师父说：“这是倒因为果之说，滥凡作圣之见。”“大菩提心，始于六度，六度之首是布施，布施之要，则始于惜福与培福。如否定福报的培育与珍惜，虽人天小果亦不保，遑论菩萨道的实践。”因此，他训诫门人，应以培福惜福为要。

曾有一位密宗上师感喟地说，在台湾传一般修行的法门，真正修行实践的人少，唯独在传“财神法”时，场场爆满，人人争修。这一方面是大家误以为修“财神法”只在求财，忽略了财神法是在培福开启智慧的修行；另一方面则反映了社会追求财富的偏见。现代人追求财富的动机是在满足欲望，这使我想起佛陀曾说过的话：“纵使天上下着黄金雨，也无法满足人的贪欲。”如果借着修行佛法来贪求财宝，如求财神法，财神灌顶者然，又与外道何异？

所以，“多听多看少说话”是以谦冲自牧，多学习别人的长处，不炫奇求售。“快手快脚慢用钱”是勤俭自制，由于钱用得慢，就能不忮不求，昂首阔步于天地之间，此中是极有深意的。

“道心第一，健康第二，学问第三。”也正是指出今日修行者之弊。师父说:“菩萨以其身体为众生床坐,役使于众生而非役使众生，否则便落于经中所指责的‘说食数宝’之流，绝不能成为佛法门中杰出的人才。若道心坚固，纵然不懂得文学，且抱病终身，至少亦能自保不堕，也无虞败坏佛门。”“比之于学问，则健康较重要，若无健康，纵有学问，仍无以利人；若徒有健康而无道心，则绝不会成为法门龙象，即使能欺人于一时，终不能瞒过历史的眼光。学问为有道者所用则救人济世，否则便会成为盗名欺世者的工具。”这里所说的“道心”，涵盖极广，简言之，是求道之心，修道之心，成道之心，也就是深信三宝之心，净化自我之心，拯救众生之心。

现在社会的物质生活，是三十年前我们在乡下时连做梦都想象不到的富足了。可叹的是，物质欲望竟比物质条件还高得多，人几乎没有一刻安宁地在奔波着,为了要有更好的物质享受。回想起来，反倒是从前的旧家，晚上也不必关门关窗，三餐有的吃，走路不必担忧汽车，夜里在庭院里说说故事，似乎比现在还幸福一些。因此，惜福培福的人反而幸福；有道心者反而能自在安逸地过日子。

我似昔人，不是昔人

一

憨山大师有一年冬天读《肇论》，对里面僧肇大师谈到的“旋岚偃岳而常静，江河竞注而不流”感到十分疑惑，心思惘然。

又读到书里的一段：有一位梵志从幼年出家，一直到白发苍苍才回到家乡，邻居问梵志：“昔人犹在耶？”梵志说：“吾似昔人，非昔人也。”憨山豁然了悟，说：“信乎！诸法本无去来也！”

然后，他走下禅床礼佛，悟到无起动之相，揭开竹帘，站立在台阶上，忽然看见大风吹动庭院里的树，飞叶满空，却了无动相，他感慨地说：“这就是旋岚偃岳而常静呀！”又看到河中流水，了无流相，说：“此江河竞注而不流呀！”于是，去来生死的疑惑，从这时候起完全像冰雪融化一样，随手作了一首偈：

死生昼夜，水流花谢。
今日乃知，鼻孔向下。

二

我每一次想到憨山大师传记里的这一段，都会油然地感动不已，它似乎在冥冥中解释了时空岁月的答案。

表面上看，山上的旋岚、飘叶、云飞，是非常热闹的，但是山的本身却是那么安静——河中的水奔流不停，但是河的本质并没有什么改变。人的生死，宇宙的昼夜，水的奔流，花果的飘零，都像这样，是自然的进程罢了。

这就是为什么梵志白发回乡，对邻居说："我像从前的梵志，却已经不是以前的梵志了。"

岁月在我们的身上，毫不留情地写下刻痕，在每一次揽镜自照的时候，都会慨然发现，我们的脸容苍老了，我们的白发增生了，我们的身材改变了，于是，不免要自问："这是我吗？这就是从前那个才华洋溢、青春飞扬、对人世与未来充满热切追求的我吗？"

这是我，因为每一步改变的历程，我都如实地经验，还记得自己的十岁，二十岁，三十岁，一步一步地变迁。

这也不是我，因为不论外貌、思想、语言都已经完全改变了。如果遇到三十年前的旧友，他可能完全不认得我，或许，我如果在街上遇见十岁时的自己，也会茫然地错身而过。时空与我，在生命的历程上起着无限的变化，使我感到惘然。

那关于我的，到底是我吗？不是我吗？

三

有一次返乡，在我就读过的旗山国小大礼堂演讲，我的两个母校，旗山国民小学、旗山初中都派了学生来献花，说我是杰出的校友。

演讲完后，遇到了我的一些小学中学的老师，简直不敢与他们相认，因为他们都老得不是原来的样子。当时我就想，他们一定也有同样的感慨吧！没想到从前那个从来不穿鞋上学的毛孩子，现在已经步入中年了。

一位二十年没见的小学同学来看我，紧紧握着我的手说："二十年没见，想不到你变得这么老了！"——他讲的是实话，我们是两面镜子，他看见我的老去，我也看到了他的白发，而最荒谬的是，我们都确信眼前这完全改变的同学是"昔日人"，也相信自己还是从前的我。

一位小学老师说："没想到你变得这么会演讲呢！"

我想到，小时候我就很会演讲，只是国语不标准，因此永远没有机会站上讲台，不断挫折与压抑的结果，使我变得忧郁，每次上台说话就自卑得不得了，甚至脸红心跳说不出话来。

连我自己都不能想象，二十几年之后，我每年要做一百多次的大型演讲。当然，我的老师更是不能想象的。

我不只是外貌彻底地改变了，性格、思想也不再是从前的自己。

但是，属于童年的我，却是旋岚偃岳、江河竞注，那样清晰、充满了动感。

四

今年过年的时候，在家里一张被弃置多年的书桌里，找到了我在童年、少年时代的一些照片，黑白的、泛着岁月的黄渍。

我坐在书桌前专注地寻索着那些早已在岁月之流中逝去的自己，瘦小、苍白，常常仰天看着远方。

那时在乡下的我们，一面在学校读书，一面帮忙家里的农事，对未来都有着茫然之感，只知道长大一定要到远方去奋斗，渴望有衣锦还乡的一天。

有一张照片后面，我写着：

男儿立志出乡关，
毕业无成誓不还。

那是初中三年级，后来我到台南读高中，大学考了好几次，有一段时间甚至灰心丧志，觉得天下之大，竟没有自己容身的地方。想到自己十五岁就离家了，少年迷茫，不知何往。

还有一张是高中一年级的，背后竟早熟地写道：

我是谁？
我从哪里来？
要往哪里去？
在人群里，谁认识我呢？

我看着那些照片，试图回到当时的情境，但情境已渺，不复可追。如果我不写说明，拿给不认识从前的我的朋友看，他们一定不能在人群里认出我来。

坐在地板上看那些照片，竟看到黄昏了，直到母亲跑上来说："你在干什么呢？叫好几次吃晚饭，都没听见。"我说在看从前的照片。

"看从前的照片就会饱了吗？"母亲说，"快！下来吃晚饭。"

我醒过来，顺随母亲下楼吃晚饭，母亲说得对，这一顿晚饭比从前的照片重要得多。

五

这二十年来，我写了五十几本书，由于工作忙碌，很少回乡，哥哥姐姐竟都是在书里与我相见。

有一次，姐姐和我讨论书中的情节，说:“你真的经历过这些事吗？”“是的。”我说。“真想不到，我的同事都问我，你写的那些是不是真的，我说我也不知道呀！因为我的弟弟十五岁就离家了。”

有时候，我出国也没有通知家里的人。那时在《中国时报》当主编，时常到国外去出差，几乎走遍了半个地球。亲戚朋友偶尔会问:“这写埃及的，是真的吗？”“这写意大利的，是真的吗？”

我的脸上并没有写着我到过的国家，我的眼里也无法映现生命那些私密经验的历程，因此，到后来连我自己也会问自己:“这些都是真的吗？”如果是假的，为什么如此真实？如果是真的，现在又在何处呢？

生命的经验没有一段是真的，也没有一段是假的，回想起来，真的是如梦如幻，假的又是刻骨铭心，在走过了以后，真假只是一种认定呀！

六

有时候，不肯承认自己四十岁了，但现在的辈分又使我尴尬。

早就有人叫我“叔公”“舅公”“姨丈公”“姑丈公”了，一到做了“公字辈”，不认老也不行。

我是怎么突然就到了四十岁呢？

不是突然！生命的成长虽然有阶段性，每天却都是相连的，去日今日与来日，是在喝茶、吃饭、睡觉之间流逝的，在流逝的时候并不特别警觉，但是每一个五年十年就仿佛河流特别湍急，不免有所醒觉。

看着两岸的人、风景，如同无声的黑白默片，一格一格地显影、定影，终至灰白、消失。

无常之感在这时就格外惊心，缘起缘灭在沉默中，有如响雷。

生命会不会再有一个四十年呢？如果有，我能为下半段的生命奉献什么？

由于流逝的岁月，似我非我；未来的日子，也似我非我，只有善待每一个今朝，珍惜每一个因缘，并且深化、转化、净化自己的生命。

七

憨山大师觉悟到“旋岚偃岳而常静,江河竞注而不流”的时候,是二十九岁。想来惭愧，二十九岁的时候我在报馆里当主笔，旋岚乱动，江河散流，竟完全没有过觉悟的念头。

现在懂了一点点佛法、体验一些些无常、观照一丝丝缘起，才知道要做一个不受人惑的人是多么艰难。幸好，选到了一双叫“菩萨道”的鞋子，对路上的荆棘、坑洞，也能坦然微笑地迈步了。

记得胡适先生在四十岁时，曾在照片上自题:“做了过河卒子，只好拼命向前。”我把它改动一下:“看见彼岸消息,继续拼命向前。”来作为自己四十岁的自勉。

但愿所有的朋友也能一起前行，在生命的流逝、在因缘的变换中，都能无畏，做不受惑的人。

秋天的心

我喜欢《唐子西语录》中的两句诗："山僧不解数甲子，一叶落知天下秋。"这是说山上的和尚不知道如何计算甲子日历，只知道观察自然，看到一片树叶落下就知道天下已是秋天了。从前读贾岛的诗，有"秋风吹渭水，落叶满长安"之句，对秋天萧瑟的景象颇有感触，但说到气派悠闲，就不如"一叶落知天下秋"了。

现代都市人正好相反，可以说是"落叶满天不知秋，世人只会数甲子"。对现代人而言，时间观念只剩下日历，有时日历犹不足以形容，而是只剩下钟表了，谁会去管是什么日子呢?

三百多年前，当汉人到台湾来垦殖移民的时候，发现台湾的平埔人非但没有日历，甚至没有年岁，不能分辨四时，而是以山上的刺桐花开为一年，过着逍遥自在的生活。初到的汉人想当然地感慨其"文化"落后，逐渐同化了平埔人。到今天，平埔人快要成为历史名词，他们有了年岁，知道四时，可是平埔人后裔有很多已经不知道什么是刺桐花了。

对岁月的感知变化由立体到平面可以如此迅速，怎不让人兴叹?以现代人为例，在农业社会还深刻知道天气、岁时、植物、种作等等变化是和人密切结合的。但是，商业形态改变了我们，春天是朝九晚五，冬天也是朝九晚五；晴天和雨天已经没有任何差别了。这虽使人离开了“看天吃饭”的阴影，却也多少让人失去了感时忧国的情怀和胸怀天下的襟抱。

记得住在乡下的时候，大厅墙壁上总挂着一册农民历，大人要办事，大至播种耕耘、搬家嫁娶，小至安床沐浴、立券交易都会去看农民历。因此到了年尾，一本农民历差不多翻烂了，使我从小对农民历书就有一种特别亲切的感情。

一直到现在，我还保持着看农民历的习惯，觉得读农民历是快乐的事。就看秋天吧，从立秋、处暑、白露到秋分、寒露、霜降，都是美极了，那清晨田野中白色的露珠，黄昏林园里青黄的落叶，不都是在说秋天吗？所以，虽然时光不再，我们都不应该失去农民那种在自然中安身立命的心情。

城市不是没有秋天，如果我们静下心来就会知道，本来从东南方吹来的风，现在转到北方了；早晚气候的寒凉，就如同北地里的霜降；早晨的旭日与黄昏的彩霞，都与春天时大有不同了。变化最大的是天空和云彩，夏日明亮的天空，在渐渐地加深蓝色的调子，云更高、更白，飘动的时候仿佛带着轻微的风。每天我走到阳台抬头看天空，知道这是真正的秋天，是童年田园记忆中的那个秋天，是平埔人刺桐花开的那个秋天，也是唐朝山僧在山上见到落叶的同一个秋天。

若能感知天下，能与落叶飞花同呼吸，能保有在自然中谦卑的心情，就是住在最热闹的城市，秋天也不会远去；如果眼里只有手表、金钱、工作，即使在路上被落叶击中，也见不到秋天的美。

秋天的美多少带点儿萧瑟之意，就像宋人吴文英写的词，“何处合成愁，离人心上秋。”一般人认为秋天的心情会有些愁恼肃杀，其实，秋天是禾熟的季节，何尝没有清朗圆满的启示呢？

我也喜欢韦应物一首秋天的诗：

今朝郡斋冷，忽念山中客。
涧底束荆薪，归来煮白石。
欲持一瓢酒，远慰风雨夕。
落叶满空山，何处寻行迹？

在这风云滔滔的人世，即使秋天如此美丽清明的季节，要在空山的落叶中寻找朋友的足迹是多么困难！而且，要在红砖道上，淹没在人潮车流之中，寻找自己的足迹，更是艰辛呀！

油面摊子

家附近有一担卖油面的小摊子，我平常并不太注意，有一回带孩子散步路过，看到生意极好，所有的椅子都坐满了人。

我和孩子驻足围观，这时见到卖面的小贩把油面放进烫面用的竹捞子里，一把塞一个，刹那之间就塞了十几把，然后他把叠成长串的竹捞子放进锅里烫。接着，他以迅雷不及掩耳的速度，将十几个碗一字排开，放作料、盐、味素等等，很快地捞面、加汤，十来碗面煮好的过程还不到五分钟，我和孩子看呆了。更令人赞叹的是，那个煮面的老板还边与顾客聊着闲天。

在我们从面摊离开的时候，孩子突然抬起头来说："爸爸，我猜如果你和卖面的老板比赛卖面，你一定输！"

对于孩子突如其来的谈话，我莞尔，并且立即坦然承认，我一定输给卖面的人。我说："不只会输，而且会输得很惨，这个世界上能赢过卖面老板的人大概也没有几个。"后来我和孩子谈起，他的爸爸在这世界上是会输给很多人的。

接下来的几天，就像玩游戏一样，我带着孩子到处去看工作中的人。我们在对角的豆浆店看伙计揉面粉做油条，看油条在锅中胀大而充满神奇的美感，我对孩子说：“爸爸比不上炸油条的人。”

我们到街角的饺子店，看一位山东老乡包饺子，他包饺子就如同变魔术一样，动作轻快，双手一捏，个个饺子大小如一，煮出来晶莹剔透，我对孩子说：“爸爸比不上包饺子的人。”

我们在市场边看见一个削梨子与芭乐的小贩，他把水果削好切片，包成一袋一袋准备推到戏院去卖，他削水果时，刀子如同自手中长出，动作又利落又优美，我对孩子说：“爸爸比不上削水果的人。”

就在我们生活四周，到处都有我比不上的人。这些市井小人物，他们过着单纯的生活，对生命有着信心与希望，他们的手艺固然简单，却非数十年的锻炼不能得致。

当我们放眼这个世界的时候，如果以自我为中心，很可能会以为自己是顶尖人物。一旦我们把狂心歇息下来，用赤子之心来观照，就会发现自己是多么渺小。在人群之中，若没有整个市井的护持，我们连吃一套烧饼油条都成问题呀！这是为什么连圣贤都感叹地说“吾不如老农，吾不如老圃”的缘故，我们什么时候能看清自己不如人的地方，那就是对生命真正有信心的时候。

看到人们貌似简单事实上不易的生活动作时，我觉得每一个人都值得给予最大的敬意，努力生活的人们都是可敬佩的。他们不用言语，而以动作表达了对生命的承担。

承担，是生命里最美的东西！

我时常想，我们既然生而为人，不是草木虫鱼，就要承担，安然接受人生可能发生的一切，除了安然地面对，还能保持觉性，就是菩提了。一般人缺少的正是觉悟的菩提罢了。

在古印度人传统的观念里，认为只要是两条河交汇的地方一定是圣地，这是千年智慧累积所得到的结论。假如我们把这个观念提炼出来，人生何尝不是如此，在人与人相会面的那一刻，如果都有很好的心来相印，互相对流，当下自己的心就是圣地了。

油面摊子是圣地，豆浆店是圣地，水果摊是圣地……到处都是圣地，只是看我们有没有足够神圣的心来对应这些人、这些地方。当然，在我们以神圣的心面对世界时，自己就有了承担，也就成为值得敬佩的人之一。

我带着孩子观察了许多地方以后，孩子感到疑惑，他问："爸爸，那么你有什么可以比得上别人呢？"我说："如果比写文章，爸爸可能会比得上那卖油面的老板吧！"孩子说："也不会，油面摊老板几分钟煮好十几碗面，爸爸要很久才写完一篇文章！"

父子俩相对大笑，是呀，这世界有什么东西可以相比，有什么人可以相比呢？事实上，所有的比较都是一种执着！

猫头鹰人

在信义路上，有一个卖猫头鹰的人，平常他的摊子上总有七八只小猫头鹰，最多的时候摆十几只，一笼笼叠高起来，形成一个很奇异的画面。

他的生意挺不错，从每次路过时看到笼子里的猫头鹰全部换了颜色可以知道。他的猫头鹰种类既多，大小也很齐全，有的猫头鹰很小，小到像还没有出过巢，有的很老，老到仿佛已经不能飞动。

我注意到卖鹰人是很偶然的。一年多前我带孩子散步经过，孩子拼命吵闹，想要买下一只关在笼子里的小猫头鹰。那时，卖鹰的人还在卖兔子，摊子上只摆了一只猫头鹰，卖鹰者努力向我推销说："这只鹰仔是前天才捉到的，也是我第一次来卖猫头鹰，先生，给孩子买下来吧！你看他那么喜欢。"我这才注意到眼前卖鹰的中年人，看起来非常质朴，是刚从乡下到城市谋生活的样子。

我没有给孩子买鹰，那是因为我一向反对把任何动物关在笼子里，而且我对孩子说："如果都没有人买猫头鹰，卖鹰的人以后就不会到山上去捉猫头鹰了，你看，这只鹰这么小，它的爸爸妈妈一定为找不到它在着急呢！"孩子买不成猫头鹰，央求站在前面再看一会儿，正看的时候，有人以五百元买了那只鹰，孩子“哇”的一声，不舍地哭了出来。

此后我常常看见卖鹰的人，他的规模一天比一天大，到后来干脆不卖兔子只卖猫头鹰，定价从五百五十元到一千元左右，生意好的时候，一个月卖掉几十只。我想不通他从何处捕到那么多的猫头鹰，有一次闲谈起来，才知道台湾深山里还有许多猫头鹰，他光是在坪林一带的山里一天就能捕到几只。

他说：“猫头鹰很受欢迎呢！因为它不吵，又容易驯服，生意太好了，我现在连兔子也不卖了，专卖鹰。一有空我就到山上去捉，大部分捉到还在巢中的小鹰，运气好的时候，也能捉到它们的父母……”我劝他说：“你别捉鹰了，捉鹰的时间做别的也一样赚那么多钱。”他说：“那不同呢！捉鹰是免本钱稳赚不赔的。”对这样的人，我也不能再说什么了。

后来我改变散步的路线，有一年多没有见过卖猫头鹰的人，前不久我又路过那一带，再度看到卖鹰者，他还在同一个街角卖鹰，猫头鹰笼子仍然一个叠着一个。

当我看见他时，大大吃了一惊，那卖鹰者的长相与一年前我见到他时完全不同了。他的长相几乎变得和他卖的猫头鹰一样，耳朵上举、头发扬散、鹰钩鼻、眼睛大而瞳仁细小、嘴唇紧抿，身上还穿着灰色掺杂褐色的大毛衣，坐在那里就像是一只大的猫头鹰，只是有着人形罢了。

短短一年多的时间，为什么使一个人的长相完全不同了呢？这巨大的变化是从何而来呢？我努力思索卖鹰者改变面貌的原因。我想到，做了很久屠夫的人，脸上的每道横肉都长得和他杀的动物一样。而鱼市场的鱼贩子，不管怎么洗澡，毛孔里都会流出鱼的腥味。我又想到，在银行柜台数钞票很久的人，脸上的表情就像一张钞票，冷漠而势利。在小机关当主管作威作福的人，日子久了，脸变得像一张公文，格式十分僵化，内容逢迎拍马。坐在电脑前面忘记人的品质的人，长相就像一台电脑。还有，跑社会新闻的记者，到后来，长相就如同社会版上的照片……

原因是这样来的吗？或者是像电影电视上演坏人的演员，到后来就长成一脸坏相，因为他打从心里一直坏出来，到最后就无法辨认了。还有那些演色情片的演员，当她们裸裎的照片登在杂志上，我们仿佛只看到一块肥腻的肉，却看不见她们的心灵或面貌了。

一个人的职业、习气、心念、环境都会塑造他的长相和表情，这是人人都知道的，但像卖猫头鹰的人改变那么巨大而迅速，却仍然出乎我的预想。我的眼前闪过一串影像，卖鹰者夜里去观察鹰的巢穴，白天去捕捉，回家做鹰的陷阱，连睡梦中都想着捕鹰的方法，心心念念在鹰的身上，到后来自己长成一只猫头鹰都已经不自觉了。

我从卖鹰者的前面走过，和他打招呼，他居然完全忘记我了，就如同白天的猫头鹰，眼睛茫然失神，他只是说："先生，要不要买一只猫头鹰，山上刚捉来的。"

这使我在后来的散步里，想起了三千年前瑜伽行者的一部经典

《圣博伽瓦谭》中所记载的巴拉达国王的故事：

巴拉达国王盛年的时候，弃绝了他的王后、家族和广袤的王国，到森林里去，那是他相信古印度的经典、认为人应该把中年以后的岁月用于自觉。

他在森林中过着苦行生活，仅仅食用果子和根菜植物，每日专注地冥想，经过一段时间，他的自我从身中醒觉了过来。有一天他正在冥思，忽然看到一只母鹿到河边饮水，随着又听到不远处狮子的大吼，母鹿大吃一惊，正要逃跑的时候，一只小鹿从它的子宫堕下，跌入河中的急流里，母鹿害怕得全身颤抖，在流产之后就死去了。

巴拉达眼看小鹿被冲向下游，动了恻隐之心，便从河里救起小鹿，把小鹿带在自己身边。从此他和小鹿一起睡觉、一起走路、一起洗澡、一起进食，他对待小鹿就如同对待自己的孩子，自己的心念完全系在小鹿身上。

有一天，小鹿不见了。巴拉达陷入了非常焦躁的意念里，担心着小鹿的安危就像失去了儿子一样，他完全无法冥思，因为想的都是小鹿，最后他忍不住启程去寻找小鹿，在黑暗的森林里，他如痴如狂地呼唤小鹿的名字，他终于不小心跌倒了，受了重伤，就在他临终的时候，小鹿突然出现在他的身边，就像爱子看着父亲一样看着他，就这样，巴拉达的心念和精神全部集中在小鹿身上，他下次醒来的时候，发现自己成为一头鹿，这已经是他的下一世了。

这是瑜伽对于意念的看法，认为意念对容貌有着影响，巴拉达因疼爱小鹿，因而沉进了轮回的转动，那么，捕捉贩卖猫头鹰的人，长相日益变成猫头鹰又有什么奇怪呢？

和朋友谈起卖猫头鹰的人长相变异的故事，朋友说："其实，变的不只是卖鹰的人，你对人的观照也改变了。卖鹰者的长相本来就那样子，只是习气与生活的濡染改变了他的神色和气质罢了。我们从前没有透过内省，不能见到他的真面目，当我们的内心清明如镜，就能从他的外貌进而进入他的神色和气质了。"

难道，我也改变了吗？

在这个世界上，我们的意念都如在森林中的小鹿，迷乱地跳跃与奔跑，这纷乱的念头固然值得担忧，总还不偏离人的道路。一旦我们的意念顺着轨道往偏邪的道路如火车开去，出发的时候好像没有什么，走远了，就难以回头了。所以，向前走的时候每天反顾一下，看看自我意念的轨道是多么重要呀！

我们不只要常常擦拭自己的心灵之镜，来照见世间的真相；也要常常照照镜子，看看自己的长相与昨日的不同；更要照心灵之镜，才不会走向偏邪的道路。卖猫头鹰的人每天面对猫头鹰，就像在照镜子，我们面对自己俗恶的习气，何尝不是在照镜子呢？

想到这里，有一个人与我错身而过，我闻到栗子的芳香从他身上溢出，抬头一看，果然是天天在街角卖糖炒栗子的小贩。

跑龙套的时代

遇到一位在平剧学校教书的老师，他说：“所有舞台上的大明星都是从跑龙套开始的，可惜，到后来他们都忘了跑龙套的日子，以为自己是天生的明星。”他又说：“在舞台上，主角总是最少的，大部分人都在跑龙套。我们的实际人生何尝不是这样呢？人人都在跑龙套，真正的主角只有一两位。”

关于跑龙套，他还有一个心得：“凡是当主角的人，都是在跑龙套时聚精会神努力跑龙套的人。那些跑龙套时随随便便的人，你几乎可以确定地说：这个人永远不可能当主角的。”“跑龙套跑久了，确实会令一个有可能造就的人堕落，但那些后来出头的人就是长期跑龙套也不会堕落的。”

听了这一大套跑龙套的哲学，真是给人带来极大的启示，所谓“戏台有人生”正是如此。其实生在这个时代，也可以说是“龙套的时代”，因为真正的主角确实很少，而大部分的主角也不是绝对的主角，时迁势移之后，主角可能再变成为跑龙套的，甚至有的连戏台也上不去了。

从更大的层面来说，戏台上的主角何尝不也是时间与环境造就出来的龙套呢？能看透这一点，才是探触到“这是跑龙套的时代”的本质所在。

例如，最近社会上有两起极重视的换角事件，一是某汽车公司的总经理临时被阵前换将，使得这位人人敬佩的经营家失去了自己的舞台；一是某大家电业者的“家变”，曾经冲锋陷阵，被视为家族中最有才华的总经理，被家族斗出舞台之外，失去了舞台。舞台的失去是对长期做主角的人最严重的打击，因此，我们看到这两位大众人物黯然落泪离开岗位的情景。从这里，一般人可以领悟到：世间没有永远提供自己演出的舞台，项羽在乌江失去了舞台，但刘邦何尝有过动人的演出呢？大人物有大舞台，但也演出较大的悲剧；小人物只有小舞台，演出一些较小的悲剧。这是人生的真情实景，往往在戏的最高潮，就要等待落幕了。

在人生里跑龙套实在是无可奈何的事，但我们是龙套人物也无妨，只要跑时聚精会神，不因为人微言轻台词少而堕落，也就够了。万一运气来了，总也有熬成主角的一天。熬成主角的时候，千万不要忘了过跑龙套的日子，要知道再辉煌的戏码也会过去。这样，不管是当主角、跑龙套，甚至失去了舞台，都会坦然自在。

一个人要当自己的主角，只有在看清楚整个舞台的流变后才有可能，你看，那舞台上扮皇帝、扮乞丐的不是同一个人吗？他不是一样演得很起劲吗？

戴勋章逛街的人

在街上遇到一个奇特的人，他戴着一顶黑帽子，帽檐上都是勋章。

他身穿一套藏青色的中山装，熨烫得非常齐整，他的胸前左右都挂满了勋章。

但他的腿断了一条，裤管处打了一个结，他撑着支架，一步步走得很慢，即使是那样慢，我们也可以明确知道他曾是个极有威仪的人，从他的帽子、衣服，一直到只有一只也擦得雪亮的皮鞋，我们都能感受到他的威严。

这曾是一位指挥着大军的将军吧！我心里想着，因为具有如此威猛壮肃的精神者，在街上我们是很少见到的。

靠近一看，他的勋章真是美，绝对不是普通的单薄纪念章，而是厚实的、精致的，如同我们在电影上看见将军所垂挂的一般，有星星的光泽，掉在地上必然会发出金属一样响脆的声音。那时候他站在百货公司贩卖宝石的橱窗前面，我正站在橱窗的这边，隔着晶亮的玻璃，正视着他。他的勋章比橱窗里的宝石更引人注目。

我忍不住脱帽向他致意，他露出和煦的微笑，然后我们在人潮里错身而过，没有任何交谈。回到家里，我心里老是惦记这位戴着勋章逛街的人，他是什么样的人呢？为什么他要戴着明亮的勋章在人群里行走呢？他的勋章怎么来的？他的腿又是如何失去的？

我找不到任何答案。

隔了一个多月，我又在仁爱路的红砖道上看见他，从背影我就认出了那在百货公司曾与我见过一面的人，我跟着他的背影走了很长的一段路，直到在复兴南路等红灯时，我们才并肩站在一起。

“先生，您好。”我说。

没想到这位胸前仍然挂满勋章的人说：“呀！我们在百货公司曾见过一面。”然后他礼貌地伸手与我相握，他的手非常有力而温暖。

“您的勋章真是美！”我说。

他很高兴地笑了，说：“难得有人看见我的勋章。”

我们就一边散步一边谈起一排排勋章的故事，与我想象的非常接近，他果然是身经百战的军人，胸前的每一枚勋章都是在烽火中的奖赏。唯一与我的推测不同的是，他并非将军，只是一位身经百战的老兵，他胸前最后的一枚勋章，是失去他的左腿而获得的。

为什么每天戴满勋章到街上来呢？

他说："这是有点儿疯狂的行为，不过，像我这样的人，年纪又大，又断了左腿，一般人对我都不会太礼貌，有一次我试着戴勋章出来，才得到了一些尊重，遭到的白眼比较少了。"他以一种极严肃的口气说："其实，我的左腿才是我最大的勋章，但是一般人总是最轻视它。"

当我们在下一个路口分手的时候，我特别感叹，通常最大的勋章是最难被看见的，何况是没有戴出来的、放在心里的勋章呢？

我虽然从不戴勋章出门，我也没有任何勋章。不过，我总是把每一个人都当成是有勋章的人，如果不能怀抱着敬重的心，不只看不到别人的勋章，自己的勋章也会失去。

即使是最平凡的母亲带着孩子，我也看见母亲的勋章是无尽的爱，而孩子的勋章是毫不矫饰的天真，那时我感觉自己也可以把那母亲的爱与孩子的天真佩戴在我空白的胸前。

天地间最美丽的勋章不是别的，正是对一切都抱着尊重与包容的心情。

沉默的君王

我回乡下过年，在高雄小港机场下飞机，叫了一辆计程车。计程车司机正是几天前歌星王默君、芝麻、龙眼发生车祸的目击者，他开车到半路停下来等红绿灯的时候，指着旁边说："这就是王默君被撞死的地方，她的脸整个被撞毁了，削去一半，唉！多么美丽清纯的女孩子呀！"

那几天我一想到王默君的车祸就感到心酸，有几次甚至忍不住要落泪，虽然在我们居住的这个岛上，听到车祸的消息已经很平常，不会令人有任何惊怕了，可是像王默君那样美丽、清纯、青春、可爱的少女，在刹那间就从这个世界消失，想起来真是令人难以置信，并且悲从中来。二十几岁正是在天空飞翔的年龄，怎么会发生这么残忍惨痛的事呢？

计程车司机是个五十几岁的先生，他说起王默君的车祸感慨不已，认为那个计程车司机应该以谋杀定罪，否则不足以安慰亡者的魂魄。

后来，车子开上高速公路，往楠梓的方向行去，才过没有多久，他指着路旁说："这里就是昨天歹徒枪杀两位年轻警察的现场。"他一边开车，一边向我描述警察被枪杀的惨状，然后对我说："被杀死的那位，是你们旗山人呢！”

回到家里，我才知道那位年轻的警察不只是我的同乡，还是我的街坊，住在我老家同一条路不远的地方，他的死，已经引起小镇里热切的谈论，闻者无不动容，因为这位不幸的青年警察，才结婚一个月呢！“结婚才一个月哪！夭寿喔！”老一辈的人都这样说，特别是那些与他熟识的人，说着说着，眼眶就红了。

今年过年，有好几次我登上家附近的鼓山，爬到最顶端，看到即使在冬天也非常苍郁的林木，放眼看着南台湾晴朗无云的蓝天，每每感到心伤，思考到人是多么脆弱，人生是多么无常！家乡的鼓山由于形状像一面鼓而得名，从前传说它在夜临黄昏之际会敲出动人的鼓声，我以前不信这个传说，但这一回在黄昏时思考人间悲切的问题，竟仿佛听见了动地而来的鼓声，心门为之掀动。

百年三尺土，万古一堆尘

在鼓山上读明朝莲池大师的文集，他是净土宗的祖师，三十三岁才出家，当时他已娶妻生子了，到六十岁的时候写了六首诗送给俗家的妻子，诗名《东家妇》：

东家妇，健如虎，腹孕常将年月数。昨宵独自倚门闾，今朝命已归黄土。

目前人，尚如此，远地他方哪可指？问将亲友细推寻，年去年来多少死？

方信得，紫阳诗，语的言真不可欺。昨日街头犹走马，今朝棺里已眠尸。

伶俐人，休瞌睡，别人与我同一类。孤儿相看不较多，见前于着傍州例。

钻马腹，入牛胎，地狱心酸实可哀。若还要得人身后，东海掏钹慢打挨。

我作歌，真苦切，眼中滴滴流鲜血。一世交情数句言，从与不从君自决。

这是一代高僧写给俗世妻子的诗歌，谈的是“无常”，言恳词切，读到“眼中滴滴流鲜血，一世交情数句言”，真足以令人动容！我们面对人生的无常确是如此，犹如眼里心中的血泪，大部分是令人措手不及的。我们时常在禅诗里读到这样的句子：“百年三尺土，万古一堆尘。”“萧萧烟雨九原上，白杨青松葬者谁？”“玄鬓忽如丝，青丛不再绿。”“电光瞥然起，生死纷尘埃。”生死恍如只在一刹那，充满了人间的悲情。

佛教里有“四念处”，就是“观身不净，观受是苦，观心无常，观法无我”。教我们念念观照身体、感受，乃至心念的流动，来证得因缘的空性。最重要的警示当然是无常了，身体会败坏、感受会起落、意念不能长驻，都是一种无常的迁流。这样看，何待生死之际才能知道无常？每一个人生阶段的改变，每一段情感的转折，甚至每一个念头的起灭，分分秒秒都是无常呀！

人生推进的自然之程，也正是无常流动的必然之路，因而如何来接受生命的变化，成为人在成长中的重要课题，可悲的是我们往往只能接受成功，却不能坦然地面对失败，尤其是情感的失败最不能接受，因为情爱的感受向来比金钱事业的感受来得热切与深刻。

其实，情感的成败也只是无常的一幕戏剧罢了，与人生其他的戏一样。

大河永远向海洋流去

从本质上看，情感的失败与生命里的一切失败是相同的，朋友的背弃、亲人的远离、事业的破产、考试的落榜、疾病的困境、生死的变灭等等悲剧，其本质都与情感失败相类似，可是为什么我们遭遇到别的失败时没有欲生欲死、生不如死呢？那不是情爱有特别伟大之处，只因为情感格外能令人迷障的缘故。

从长远处看，任何情感的最后终结都是无常的哀痛，一时情感的成功并不表示爱情就可以常驻。所谓情感成功就是圆满成婚，然而结婚后离异的比率并不比失恋少，说不定离婚的苦痛还胜过未婚前失恋的折磨呢！则“恋爱成功”的结婚并不保证能“永浴爱河，永结同心”，极有可能是演出更大的一出悲剧。若两个人真是情爱深刻，能数十年携手在人生道路上前进，数十年后必会面临一人先死的离别局面，此时对无常的悲痛感慨说不定还胜过中年时离婚的痛苦！

从清净处看，情感失离的痛苦原是人生最自然的部分，一点儿也不奇怪。佛陀早就说过人生的八种苦是:“生苦、老苦、病苦、死苦、爱别离苦、怨憎会苦、求不得苦、烦恼炽盛苦。”这八种苦样样都与情爱有关，若没有爱欲，何来生老病死？若爱欲不深，何来别离苦、怨憎会、求不得、烦恼炽盛呢？

所以，我觉得一个人要得到内心真实的平安，必须对情感的变化淡然处之，万一不能淡然处之，也应该看清无常之理，才不至于被突来的失败所击溃，要知道，生命里像失恋这样的失败还多得多呢！

从歌星王默君的遽逝想到无常变迁之迅速，“无常”确实是一位“沉默的君王”，我们人生的波涛汹涌都是被它所牵动流转的。

无常的本身并无是非悲喜可言，我们在欢喜成功之际，感觉生命的变动是好的，值得歌颂的；我们在悲痛失意之时，感觉无常的迁流是坏的，令人怀忧的。但是，这都仅是个人的感受，犹如大河上的枯叶花瓣，转瞬就会无踪，大河的本身只是永远地向海洋流去，是不会因我们的感受而改变面目的。

如此思索起来，无常不是真正可悲的所在，在无常里迷失本性，在成功中就沉迷，在失败时就沦落，甚至为远去的成败或狂歌失态或颓丧忧悔，这才是最大的悲哀，宋朝的方会禅师写过一首偈：

心随万境转，转处实能幽。
随流认得性，无喜亦无忧。

让我们细心体会，并来超越生命的无常吧！

李铁拐的左脚

读黄永武教授的《爱庐小品》，其中有一篇谈到李铁拐的文章，非常有趣，引人深思。

黄教授谈到八仙中的李铁拐，跛了一脚，手扶铁拐杖，还背了一个装有灵药的葫芦，他不禁感到疑惑："既然有仙人的灵术、灵药，为什么不先把自己的跛脚医好呢？"

"我猜铁拐李不治好自己的跛脚，是为了向世人展示：重心不重形。仙人重视心灵的万能，不重视臭皮囊的外壳。一般人外形有了残障，回护之心特重，不许别人说着他真正的缺陷处，不幸有人触及讪笑，甚至会动杀机。然而形貌的美丑，是贪恋世间者的品味，凡世味沾染得愈浓，愈不易入道，成道的仙人，早明白'自古真英雄，小辱非所耻'的道理，不会把外形的美丑放在心上的。"——黄教授下了这个结论。

读到这篇文章，令我想起了自己最早对李铁拐有印象，是从"八仙彩"和"八仙桌"来的。从前的台湾乡下，每逢节庆或嫁娶，门口一定要挂八仙彩，桌子也要围一条八仙彩，绣工细致、艳丽华美，传说一方面可以辟邪，一方面可以讨吉利。

八仙彩上绣着汉钟离、张果老、韩湘子、李铁拐、曹国舅、吕洞宾、蓝采和、何仙姑，形貌各异，而且突出，有老有少、有男有女、有美有丑。我在少年时代就时常想：为什么仙界的人不都是俊美年轻的神仙呢？那集合了老少美丑的仙界不也像人间一样不公不平吗？有什么值得追求的呢？

再进一步想：仙人也会老吗？仙人也会残缺吗？

每次一问大人，他们总是说："囡仔郎，有耳无嘴，管什么神仙的大志！"最后总是不了了之。

不过，在八仙里我最喜欢李铁拐，因为他最有人味，最有亲和力，传说也最多。李铁拐为什么是跛脚的呢？有好几种说法——

一说，铁拐李早年长得非常英俊魁梧，从小就修道。后来，他率弟子在岩穴修行，有一天，太上李老君约他到华山去。他对徒弟说："我的身体留在这里，游魂和李老君到华山去，如果七天以后还没有回来，你就把我的身体焚化了。"他的魂魄飞出去之后，徒弟的母亲生了重病，催促儿子回乡。徒弟为了赶回家乡，在第六天就先把李铁拐的身体焚化了。等到李铁拐回到山上，正好是第七天，遍寻身体不着，只好附在一个饿死的尸体上复活，所以李铁拐才会跛脚。(《茶香室丛钞》)

一说，李铁拐活到八百岁，身体坏了，再投于他人的身体再生。(《铁围山丛谈》)

一说，拐仙原来姓李，在人间就有足疾，后来受到西王母的点化成仙，封为“东华教主”，授以铁杖一根。(《山堂肆考》)

虽然说法有很多种，其实都是从“人间观点”来看的，李铁拐早入了仙籍，怎么还会有人间的身体、人间的残疾呢？因此，我很赞同黄永武教授的说法，李铁拐的跛脚是一个象征，象征不论在人间或天界，都充满了缺憾，不能圆满。李铁拐的跛脚也是一种示现，示现事物没有十全十美，连神仙都不免有跛足之憾，人间的遗憾也就没有什么不能承受了。

李铁拐的葫芦中的灵药虽可以解救天下苍生，却不能治愈自己的病足，看起来似乎是矛盾而吊诡的，深思其义，会发现这是人生中的真情实景。我们很容易帮助别人渡过难关，可是自己遇到难关却总是手足无措。我们站在局外时常可以给人觉醒的灵药，一旦当局者迷，就会陷入闷葫芦中，哪有什么灵药呢？即使是人间最了不起的医生，生病了也要找别的医生诊疗呀！

在这苦难缺憾的人间，每次一想到李铁拐，心里就会感到一阵温暖。我们在人间游行，事无全美，福无双至，人人都是跛了一只脚的人，而觉悟者的最先决条件，便是承认自己的残缺，承担自己的病足。

最令人忧心的人，是自以为完美的人；最令人担忧的社会，是文过饰非的社会。不论人或社会，谁没有一些痛脚呢？怕的是不能相濡以沫、互相提供灵药罢了。

○ 叁

为自己开一朵花

过火

是冬天刚刚走过，春风蹑足敲门的时节，天气像是晨荷巨大叶片上浑圆的露珠，晶莹而明亮，台风草和野姜花一路上微笑着向我们招呼。

妈妈一早就把我唤醒了，我们要去赶一场盛会，在这次妈祖生日盛会里有一场过火的盛典，早在几天前我们就开始斋戒沐浴，妈妈常两手抚着我瘦弱的肩膀，幽幽地对爸爸说：“妈祖生日时要带他去过火。”

“火是一定要过的。”爸爸坚决地说，他把锄头靠在门侧，挂起了斗笠，长长叹一口气，然后我们没有再说什么话，就围聚起来吃着简单的晚餐。

从小我就是个瘦小而忧郁的孩子，每天爬山过河并没有使我的身体勇健，父母亲长期垦荒拓土的恒毅忍艰也丝毫没有遗传给我。

爸爸曾经为我做过种种努力，他一度希望我成为好猎人，每天叫我背着水壶跟他去打猎，我却常在见到山猪和野猴时吓得大哭失声，使得爸爸几度失去他的猎物，然后就撑着双管猎枪紧紧搂抱着我，他的泪水濡湿我的肩胛，喃喃地说："怎么会这样，怎么会生出这样的孩子……"

他又寄望我成为一个农夫，常携我到山里工作，我总是在烈日烧烤下昏倒在正需要开垦的田地里，也时常被草丛中蹿出的毒蛇吓得屁滚尿流，爸爸不得不放下锄头跑过来照顾我。醒来的那一刻我总是听到爸爸长长而悲伤的叹息。

我也天天暗下决心要做一个男子汉，慢慢地，我变得硬朗了，爸妈也露出欣慰的笑容，可是他们的努力和我的努力一起崩溃了，在我孪生的弟弟七岁那年死的时候。

眼见到和自己一模一样的弟弟死去，我竟也像死去一半了，失去了生存的勇气，我变成一个失魄的孩子，每天眉头深结，形销骨立，所有的医生都看尽了，所有的补药都吃尽了，换来的仍是叹息和眼泪。

然后爸爸妈妈想到神明。想到神明好像一切希望都来了。

神明也没有医好我，他们又祈求十年一次的大过火仪式，可以让他们命在旦夕的儿子找到一闪生命的火光。

我强烈地惦怀弟弟，他清俊的脸容常在暗夜的油灯中清晰出来，他的脸是刀凿般深刻，连唇都有血一样的色泽。我们曾脐带相连地度过许多快乐和凄苦的岁月，我念着他，不仅因为他是我的兄弟，更主要的是我们生命血肉的最根源处紧紧纠结。

弟弟的样貌和我一模一样，个性却不同，弟弟强韧、坚毅而果决，我是忧郁、畏缩而软弱。如果说爸爸妈妈是一间使我们温暖的屋宇，弟弟和我便是攀爬而上的两种植物，弟弟是充满霸气的万年青，我则是脆弱易折的牵牛，两者虽然交缠分不出面目，又是截然不同，万年青永远盎然充满炽盛的绿意，牵牛则常开满忧郁的小花。

刚上一年级，弟弟在上学的长途中常常负我涉水过河，当他在急湍的河水中苦涉时，我只能仰头看白云缓缓掠过。放学回家，我们要养鸡鸭，还要去割牧草，弟弟总是抢着做工，把割来的牧草与我对分，免得回家受到爸妈责备的目光。

弟弟也常为我的懦弱吃惊，每次他在学校里打架输了，总要咬牙恨恨地望我。有一回，他和班上的同学打架，我只能缩在墙角怔怔地看着，最后弟弟打输了，跌坐在地上，嘴角淌着细细的血丝，无限哀怨地凝睇着他无用的哥哥。

我撑着去找他，弟弟一把推开我，狂奔出教室。

那时已是秋深了，相思树的叶子黄了，灰白的野芒草在秋风中杂乱地飞舞，弟弟拼命奔跑，像一只中枪惊惶而狂怒的白鼻心，要借着狂跑吐尽心中的最后一口气。

“宏弟，宏弟。”

我扯开喉咙叫喊。弟弟一口气奔到黑肚大溪，终于力尽了颓坐下来，缓缓地躺卧在溪旁，我的心凹凸如溪畔团团围住弟弟的乱石。

风，吹得很急。

等我气喘吁吁赶到，看见弟弟脸上已爬满了泪水，一张脸湿漉漉的，嘴边还凝结着暗褐色的血丝，脸上的肌肉紧紧地扯着，像是我们农田里用久了的水泵。

我坐着，弟弟躺卧着，夕阳斜着，把我们的影子投照在急速流去的溪中。

弟弟轻轻抽泣很久，抬头望着天云万叠的天空，低哑着声音问：“哥，如果我快被打死了，你会不会帮助我？”

之后，我们便紧紧相拥放声痛哭，哭得天都黄昏了．听见溪水潺潺，才一言不发地走回家。那是我和弟弟最后的一个秋天，第二年他便走了。

爸爸牵我左手，妈妈执我右手，在金光万道的晨曦中，我们终于出发了。一路上远山巅顶的云彩千变万化，我们对着阳光的方向走去，爸爸雄伟的体躯和妈妈细碎的步子伴随着我。

从山上到市镇要走两小时的山路，要翻过一座山、涉过几条溪水，因为天早，一路上雀鸟都被我们的步声惊飞，偶尔还能看见刺竹林里松鼠忙碌地跳跃。我们没有说什么话，只是无声地默默前行，一直走到黑肚大溪，爸爸背负我涉水到对岸，突然站定，回头怅望迅急流去的溪水，隔了一会儿说：“弟弟已经死了，不要再想他。”

“爸爸今天带你去过火，就像刚刚我们走水过来一样，你只要走过火堆，一切都会好转。”

爸爸看到我茫然的眼神，勉强微笑说：“只不过是一个小小的火堆罢了。”

我们又开始赶路，我侧脸望着母亲手挽花布包袱的样子，她的眼睛里一片绿，映照出我们十几年垦拓出来的大地，两只眼睛水盈盈的。

我走得慢极了，心里只惦想着家里养的两只蓝雀仔，爸爸索性把我负在背上，愈走愈快，甚至把妈妈丢在远远的后头了。

穿过相思树林的时候，我看到远方小路尽头处有一片花花的阳光。一个火堆突然莫名地闪过我的脑际。

抵达小镇的时候，广场上已经聚集了黑压压的人头，这是小镇十年一次的做醮，腾沸的人声与笑语嗡嗡地响动。我从架满肥猪的长列里走过，猪头张满了绷起的线条，猪口里含着金橙色的新鲜橘子，被剖开肚子的乳猪们竟微笑着一般，怔怔地望着溢满欣喜的人群。

广场的左侧被清出一块光洁的空地，人们已经围聚在一起，看着空地上正猛烈燃烧的薪材，爸爸告诉我那些木材至少有四千斤，火舌高扬冲上了湛蓝的天空，在“哔哔剥剥”的柴裂声中我仿佛听见人们心里狂热的呼喊，人人的脸蛋都烘成了暖滋滋的新红色。两个衣着整齐的人手拿一丈长的竹竿正挑着火堆，挑一下，飞扬起一阵烟灰，火舌马上又追了上来。

一股刚猛的热气扑到我脸上，像要把我吞噬了。妈妈拉我到怀中，说："不要太靠近，会烫到。"正在这时，广场对角的戏台"咚咚锵锵"地响起了锣鼓，扮仙开始，好戏就要开锣了。

"咚咚锵锵，咚咚锵"，柴火慢慢小了，剩下的是一堆红通通的火炭，裂成大大小小一块块，堆成一座火热的炭山。我想起爸爸要我走火堆，看热闹的心情好像一下子被水浇灭了。

"司公来了！司公来了！"人群里响起一阵呼喊，拥塞的人群眼睛全望向相同的方向，一个身穿黑色道袍头戴黑色道帽的人走来，深浓的黑袍上罩着一件猩红色的绸缎披肩，黑帽上还有一枚鲜红色的帽粒。

人群让开一条路，那个又高又瘦的红头道士踏着八卦步一摇一摆地走进来，脸像一张毫无表情的画像。

人们安静下来了。

我却为这霎时的静默与远处噪闹的锣鼓而微微地颤抖。

红头道士作法事的另一边，一个赤裸上身的人正颤颤地发抖，颤动的狂热使人群的焦点又注视着他，爸爸牵我走过去，他说那是神的化身，叫作童乩。

童乩吐着“哇哇”不清的语句，他的身侧有一个金炉和一张桌子，桌上有笔墨和金纸。他摇得太快，使我的眼睛花乱了，他提起笔在金纸上乱画一遍，有圈、有钩、有直，我看不出那是什么。爸爸领了一张，装在我的口袋里，说可以保佑我过火平安，平安装在我的口袋里便可以安心去过火了。

呜——呜——呜！呜！

远远望去，红头道士正在木炭堆边念咒语，烟雾使他成为一个诡异的立体，他左手持着牛角号，吹出了低沉而令人惊撼的声音。右手的一条蛇头软鞭用力抽打在地上，发出“啪啪”的响声，鞭声夹着号角声，人人都被震慑住了。

爸爸说，那是用来驱赶邪鬼的。

后来，道士又拿来一个装了清水的碗和盛满盐巴的篮子，他含了一口水，“噗”一声喷在炭上，“哧——”一阵水烟蒸腾起来，他口中喃喃，然后把一篮盐巴遍撒在火堆上。三乘小轿在火堆旁绕圈子，有人拿长竹竿把火堆铺成一丈长、四尺宽的火毡，几个精壮的汉子用力拨开人群，口里高呼着：“请闪开，过火就要开始了。”

三乘小轿越转越快，转得像飞轮一样。

妈妈紧紧抱我在怀中。

三乘小轿的轿夫齐声呼喝，便顺序跃上火毡，“哧”一声，我的心一阵紧缩，他们跨着大步很快地从火毡上跑过去，着地的那一刻，所有人都从梦般的静默里惊呼起来，一些好事的人跑过去看他们的脚，这时，轿夫笑了。

“火神来过了，火神来过了。”许多人忍不住狂呼跳叫。

红头道士依然在火堆旁念着神秘的不可知的像响自远天深处的咒语。

过火的乡人们都穿着一式的汗衫短裤，露出黧黑而多毛的腿，一排排的腿竟像冒着白烟，蒸腾着生命的热气。

那些腿都是落过田水的，都是在炙毒的阳光和阴诈的血蛭中慢慢长成，生活的熬炼就如火炭一直铸着他们——他们那样兴奋，竟有一点儿像去赶市集一样，人人面对炭火总是有些惊惶，可是老天有眼，他们相信这一双肉腿是可以过火的。

十二月天，冷酸酸的田水，和春天火炙炙的炭火并没有不同，一个是生活的历练，一个是生命的经验，都只不过是农人与天运搏斗的一个节目。

轿子，一乘乘地采取同样的步姿，夸耀似的走过火堆。爸爸妈妈紧紧牵着我，每当“哧”的声音响起，我的心就像被铁爪抓紧一般，不能动弹。

司锣的人一阵紧过一阵地敲响锣鼓。

轿夫一次又一次将他们赤裸的脚踝埋入红艳艳的火毡中。

随着锣鼓与脚踝的乱蹦乱跳，我的心也变得仓皇异常，想到自己要迈入火堆，像是陷进一个恐怖的海上噩梦，抓不到一块可以依归的浮木。

一张张红得诡谲的玄妙的脸闪到我的眼睫来。

我抓紧爸妈微微渗汗的手，思及弟弟在天地的风景中永远消失的一幕，他的脸像被火烤焦的紫红色，头一偏，便魔魇似的去了，床侧焚烧的冥纸耀动鬼影般的火光。

在火光的交叠中，我看到领过符的乡民一一迈步跨入火堆。

有的步履沉重，有的矫捷，还有仓皇跑过的。

我看到一位老人背负着婴儿走进火堆，他青筋突起的腿脚毫不迟疑地埋进火中,使我想起顶上红绿交糅的庄严画像。爸爸告诉我，那是他重病的小儿子，神明用火来医治他。

“咚咚锵锵，咚咚锵”。

远处的戏锣和近处的锣鼓声竟交缠不清了。

“阿玄，轮到你了。”妈妈用很细的声音说。

“我……我怕。”

“不要怕，火神来过了，不要怕。”

爸妈推着我就要往火堆上送。

我抬头望望他们，央求地说：“爸，妈，你们和我一起走。”

“不行。只有你领了符。”爸爸正色道。

锣声响着。

火光在我眼前和心头交错。

爸妈由不得我，便把我架走到火堆的起点。

“我不要，我不要——”我大声号哭起来。

“走，走！”爸爸吼叫着。

“我不要——”

“妈——”

我跪了下来，紧紧抱住妈妈的腿，泪水使我什么都看不见了。

“没出息。我怎么会生出这种儿子，给我现世，今天你不走，我就把你打死在火堆上。”爸爸的声音像夏天午后的西北雨雷，嗡嗡响动，我抬头看，他脸上爬满泪水，重重地把我摔在地上，跑去抢起道坛上的蛇头软鞭，“啪”一声抽在我身旁的地上，溅起一片泥灰。

“我打死你！我打死你！林姓的祖先作了什么孽，生出这样的孩子，我打死你。让你去和那个讨债的儿子做堆！”我从来没有看过爸爸暴怒的面容，他的肌肉纠结着，头发扬散如一头巨狮。

“你疯了？”妈妈抢过去拦他，声音凄厉而哀伤。

红头道士、轿夫们、人群都拥过来抓住爸爸正要飞来的鞭子。

锣也停了。

爸爸被四个人牢牢抓住，他不说话，怒目如电穿刺我的全身。

四周是可怕的静寂。

我突然看见弟弟的脸在血红的火堆中燃烧，想起爸爸撑着猎枪掉泪的面影和他辛苦荷锄的身姿，我猛地站起，对爸爸大声说：“我走，我走给你看，今天如果我不敢走这火堆，就不是你的囝仔。”

锣声缓缓响起。

几千道目光如炬注视。

我走上了火堆。

第一步跨上去，一道强烈的热流从我脚底蹿进，贯穿了我的全身，我的汗水和泪水全滴在火上，一声“哧”，一股烟。

我什么都看不见，仿佛陷进一个神秘的围城，只听到远天深处传来弟弟轻声的耳语：“走呀！走呀！”那是一段很短的路，而我竟完全不知它的距离，不知它的尽处，相思林尽头的阳光亮起，脚下的火也浑然或忘了。

踩到地的那一刻，土地的冰凉使我大吃一惊，“哗”一声，全场的人都欢呼起来，爸爸妈妈早已等在这头，两个人抢抱着我，终于号啕地哭成一堆。打锣的人戏剧性地欢愉地敲着急速的锣鼓。

爸爸疯了似的紧抱着我，像要勒断我的脊骨。

那一天，那过火的一天，我们快乐地流泪走回家。

到黑肚大溪，爸爸叫我独自涉水。

猛然间，我感到自己长大了。

童年过火的记忆像烙印一般影响了我整个生命的途程，日后我遇到人生的许多事都像过火一样，在起步之初，我们永远不知道能否安全抵达火毯的那一端，我们当然不敢相信有火神，我们会害怕、会无所适从、会畏惧受伤，但是人生的火一定要过、情感的火要过、欢乐与悲伤的火要过、沉定与激情的火要过、成功与失败的火要过。我们不能退缩，因为我们要单独去过火，即使亲如父母，也有无能为力的时候。

高空气球

带着孩子沿信义路散步，孩子忽然看见远方高楼的顶上有一个非常巨大的气球，正随着黄昏的晚风飘荡，他兴奋地扯着我的手说："爸爸，天空上有个气球。"

顺着他手指的方向，我看见了那个鲜红色的气球，原来是建筑业寻常使用的广告方式，斗大的宣传字体，在几百米外也看得十分清楚。这是多么平凡的气球，但对事事新鲜的三岁孩子，却好像发现了什么新的大陆。

"爸爸，我们去捉气球好不好？"孩子说。"捉气球干什么呢？""我们把气球的绳子剪掉，让它飞到天空去！"这时，我才注意到气球下方的巨大绳子绑住了它。我看着那座十四层的大厦对孩子说："那房屋太高了，我们爬不上去。"没有料到孩子却说："怎么绑上去的呢？人家上得去，我们也上得去。"

孩子的话使我一呆，对于小孩子来说，天下没有什么难事，天上的星月都想摘到怀里，何况是个气球！对大人来说，负担却太重了，即使要摘一个气球，都觉得是不可能的事，甚至于看到气球的时候早就忘记那是气球，觉得只是个广告招贴。我像突然被点醒了，拍拍孩子的头说："好，我们上去捉气球。"

父子俩于是混进了大楼，坐进电梯，直接搭上顶楼，出电梯以后又爬了一层楼梯才总算到达气球的所在，但眼前景象使我吃了一惊。原来这是一个规划得非常美丽的屋顶花园，各种翠绿的植物正在春天展现它们旺盛的生命力，架上的杜鹃和菊花正在盛放。

我们终于看到眼前的气球了，那气球真是巨大。在楼底下看见时未能想象的巨大，用一条粗麻绳系紧在屋顶的铁管上，大概是灌了很足的氢气，那麻绳笔直地伸入天空几丈的地方。

孩子非常兴奋，用力地扯那根麻绳，企图要把气球放到空中去，最后终于用尽力气，放弃了。

我们便站在楼顶上，像突然从人潮中被解开绳子到了空中，俯视着下班时蝼蚁一样的人潮，我竟感谢着自己的孩子，要不是他点醒，我不可能为了追一个气球而走进一处从未想象过的花园。

天色快要暗的时候，我们才循原路回家，沿途走过了几家狗店，从狗店里流出来兽类独有的气息，群犬在喧闹地乱叫，我正在准备掩鼻而过，孩子已一头闯了进去，说："爸爸，快进来看，好多的狗狗，好可爱哦！"

仔细地看那些狗，才发现几乎所有的小狗都惹人怜爱，长到中型的狗儿则冷漠地卧着，成犬们见到陌生人不安地狂叫。只有刚出生不久的婴狗，见到任何人都亲昵地撒着娇，我那时在小狗身上好像看见了人。小时是人见人爱的赤子，稍长，是叛逆但无知的少年，成年以后则全身都武装着，随时准备攻击和防御，对陌生和善的人拼命狂叫，不辨善恶。因此狗店的主人把小狗放在廊下玩耍，而愈大的狗就关在愈坚固的牢笼中。

我突然想起孩子的话："怎么绑上去的呢？人家上得去，我们也上得去。"——"怎么被关起来的呢？既然关得进来，就应该放得出去。"为什么我们自己关在小的空间中还不够，养动物时还要关进更小的空间呢？

我没有答应孩子要买狗的要求。

回到家时，看见七八只蟑螂围在一起吃东西，原来是不小心滴落在地上的一滴蜂蜜，我赶紧到处找拖鞋，想要一鞋掌打下去，结束它们的生命，就在我找到拖鞋的时候，孩子猛然大叫起来："爸爸，快来看，好多的蟑螂，好可爱哦！"使我拿在手中的拖鞋，颓然放下。

那一刻，面对孩子，我感觉自己是多么的可鄙，正像那飘浮在高空的气球，系着一条污黑的解不开的麻绳，孩子既用不着麻绳，也不是气球，他是高空中的一朵云，清明而无染，自由没有拘束。

夜里我梦见自己，正拼命地解开身上的绳子，那绳子却越解越紧……

以水为师

我很喜欢老子的一个故事。

传说老子的老师常枞要过世的时候，老子去请教老师最后的教化。常枞唤老子近身，叫老子看自己的嘴巴，问说：“你看我的牙齿还在吗？”

“没有，牙齿都掉光了。”老子回答。

“那么，你看我的舌头还在吗？”

“还在，还鲜红一如从前。”老子说。

常枞说：“这就是我要教你的最后一课呀。在这世界上，柔软是最有力量的。我死了之后，你要以水为师，水是这世上最柔软的东西，但是天下最刚强的东西也不能抵挡水。”

说完后，常枞就过世了。

这虽然是无法考证的传说，却点出了老子思想的精要所在，老子的《道德经》虽然讲的是“道”和“德”，但以水来做象征的篇章很多，例如：

道冲，而用之或不盈。渊兮，似万物之宗。挫其锐，解其纷，和其光，同其尘。湛兮，似或存。

——道要像深渊一样深不可测，是万物的本源，要清澈得似有若无。

上善若水。水善利万物而不争，处众人之所恶，故几于道。

——最上善的人，像水一样。水能滋养万物；而且本性温柔，顺自然而不争；能蓄居在众人不愿居住的低下之处。有水这三种特质的人，就与道相近了。

持而盈之，不如其已。

——人的内心要像水一样，盛在任何器皿都不能太满，满了就会溢出，所以在满之前，就要知止。

知其雄，守其雌，为天下溪。

——知道雄壮刚强的好处，宁可处于雌伏柔顺的状态，这样的人才可以作为天下的溪谷，使众水流注。

譬道之在天下，犹川谷之于江海。

——道在天下万物，就像江海对于川谷，江海是百川的归宿，道也是万物的母亲。

天下之至柔，驰骋天下之至坚，无有入无间。

——天下最柔软的东西，才能驾驭天下最坚强的东西，唯有以“无有”才能进入没有间隙的实体。

大国者下流，天下之牝，天下之交。

——伟大的国家应该像江海一样自居于下游，表现得像母性一样温柔，就会成为天下归结的所在。

江海所以能为百谷王者，以其善下之，故能为百谷王。

——江海所以能成为百川之王，是因为它善处于低下的位置，吸引百川汇注，所以成为百川之王。

天下莫柔弱于水，而攻坚强者莫之能胜。

——天下没有比水更柔弱的东西了，可是要攻破坚强的事物，没有一样胜过水。

…… ……

因此，老子的哲学，我们可以说是水的哲学，也是守柔的哲学，也是他反复说明“守柔曰强”“柔弱者,生之徒”“弱者,道之用”“柔弱胜刚强”等等的理由。但这种柔弱、柔顺、柔软、柔忍并非怯懦，而是“虚其心，实其腹，弱其志，强其骨”的。

天下人皆知水的珍贵，却往往轻忽那丰沛的水；善能以水为师的，实在是太少了。所以老子才会感慨地说:“弱之胜强、柔之胜刚，天下莫不知，莫能行。”（弱能胜强，柔能克刚，天下人都知道，但天下人都难以实践。）

感慨还是好的，有时候令人悲哀，如果我们对人说应该以水为师、珍惜每一滴水、保护环境和水土，不要滥垦滥葬，不要设高尔夫球场，不要破坏森林，这时候，“下士闻道，大笑之，不笑不足以为道。”（识见浅薄的人听到珍贵的道理，便大笑起来，如果他不笑，也不能算道了。）

在天下大旱之际，想到老子“以水为师”“守柔曰强”的思想，感受更是深刻，我们今天“居大旱而望云霓”，不正是从前“为者败之，执者失之”的结果吗?

为民牧者一边在破坏水土的球场上打高尔夫球，一边渴雨祈雨，有没有反省从前的作为呢?

平凡最难

与几位演员在一起，谈到演戏的心得。

有一位说：“我喜欢演冲突性强的人物，生命有高低潮的。”另一位说：“怪不得你演流氓演得好，演教师就不像样了。”

还有一位说：“每次演悲剧就感觉自己能完全投入，演得真是悲惨，可是演喜剧就进不去，喜剧的表演真是比悲剧难呀！”另外一位这样答腔：“那是由于在本质上，人生是个悲剧，真实的痛苦很多，真实的快乐却很少。”

大家七嘴八舌地讲自己对演出与人生的看法，却得到了两个根本的结论，一是不管电影、电视或舞台剧，演流氓、妓女、失败者、邪恶者、落拓者总是容易一些，也可以演得传神，那是因为大家对坏的形象有一种共同的认知；可是对善良的、乐观的人生却没有共同的标准。二是全世界最难演出的人，就是那些平顺着过日子，没有什么冲突的人，像教师、公务员、小职员、家庭主妇，因为他们的一生仿佛一开始就是那个样子，结束也就是那个样子了。

一个演员感慨地说：“平凡是最难演的呀！”

我们如果把这句话稍做转换，可以变成："平凡是最难的呀！"或者说"安于平凡是最难的呀！"尤其是当一个人可以选择轰轰烈烈地过日子时，他却选择了平凡；当一个人只要动念就可能获名求利满足欲望时，他却选择了平凡；当一个人位高权尊力能扛鼎时，他毅然选择了平凡。

最难得的是，一个人在多么不平凡的情况下，还有平凡之心，知道如何走进平凡人的世界，知道这世界原是平凡者所构成，自己的不平凡是多数人安于平凡所造成的结果。

平凡者，就是平顺、安常、知足，平凡人的一生就是平安知足的一生。一个社会格局的开创固然需要很多不凡人物的创造，但一个社会能否持久安定、维持文化的尊严与品格，则需要许多平凡人的默默奉献与牺牲。

每个人青年时代的立志，多是要做顶天立地的大丈夫，要做叱咤风云的大人物，可是到了后来才发现，其实自己也不过是社会里平凡的一分子，没有变成真正的大英雄大豪杰。但我们从更大的角度看，那些自命为大人物者，又何尝不是宇宙的一粒沙尘呢？

这并不是说我们不要立大志，而是当我们往大的志向走去时，不管成功或失败，都要知道"平凡最难"！

平凡不只是演员在戏台上最难扮演，在实际人生里也是最难的一种演出。

林边莲雾

到南部演讲，一位计程车司机来看我，送我一袋莲雾。他说：“这莲雾不同于一般莲雾，你一定会喜欢的。”“这莲雾有什么不同吗？”我把莲雾拿起来端详，发现它的个儿比一般的莲雾小一点儿，颜色较深，有些接近枣红。“这是林边的莲雾，是我家乡的莲雾呀！”他说。“林边不是生产海鲜吗？什么时候也出产莲雾呢？”我看着眼前这位出身于海边，而在城市里谋生的青年，他还带着极强的纯朴勇毅的乡村气息。

青年告诉我，林边的海鲜很有名，但它的莲雾也很有名，只可惜产量少，只有下港人才知道，不太可能运送到北部。加上林边莲雾长得貌不起眼，黑黑小小的，如果不知味的人，也不会知道它的珍贵。

来自林边的青年拿起一个他家乡的莲雾，在胸前衬衫上来回擦了几下，莲雾的光泽便显露出来，然后他递给我叫我当场吃下。“要不要洗一下？”我说。“免啦，海边的莲雾很少洒农药。”

我们便在南方旅店里吃起林边莲雾了，果然，这莲雾与一般的不同，它结实香脆、水分较少、比一般莲雾甜得多，一点儿也吃不出来是种在海边的咸地上。我把吃莲雾的感想告诉了青年，他非常开心地笑起来，说:“我就知道你会喜欢，今天我出门要来听你的演讲，对我太太说想送一袋莲雾给你，她还骂我神经，说:‘莲雾也不是什么贵重的东西！’我就说了:‘心意是最贵重的，这一点林先生一定会懂！’”

我听了，心弦被震了一下，我说:“即使不是林边莲雾，我也会喜欢的。”“那可不同，其他莲雾怎么可以和林边的相比？”他理直气壮地说道。我也学他的样子，拿一个莲雾在胸前搓搓，就请他吃了。我们两个人就那样大嚼林边莲雾，甚至忘记这是他带来的礼物，或是我在请他吃。话题还是林边莲雾，我说:“很奇怪，林边靠着海岸，怎么可能生出这样好吃的莲雾？”

“因为林边的地是咸的,海风也是咸的,莲雾树吸收了这些盐分，所以就特别香甜了。”他说。

“既然吸收的是盐分，怎么会变成香甜呢？”

“它是一种转化呀！海边水果都有这种能力，像种在海岸的西瓜、香瓜、番茄，都比别地方的香甜，只可惜长得不够大，不被重视。也可以说是一种对比，就像我们吃水果，再不甜的水果只要蘸盐吃，感觉也会甜一些。”这一段话真是听得我目瞪口呆，从盐分变成香甜感觉上是那样的自然。

看我有点儿发怔，青年说:“这很容易懂的，就像如果我们拿糖做肥料，种出来的不一定甜。前一阵子不是有些农人在西瓜藤上打糖精吗？那打了糖精的西瓜说多难吃就有多难吃！”

在那一刻，我感觉眼前的林边青年就是一位哲学家。后来，他告辞了，我独自坐在旅舍里看着窗外黯淡的大地，吃枣红色的林边莲雾，感受到一种难以言说的滋味，感念这青年开老远的车，送我如此珍贵的礼物，也感念他给我的深刻启发。

在生命里确实是这样的，有时我们是站在咸地上，有时还会被咸风吹拂，这是无可奈何的境况，不过，如果我们懂得转化、对比，在逆境中或者可以长出更香脆甜美的果实。

这样想来，林边莲雾是值得欢喜赞叹的，它有深刻的生命力，因而我吃它的时候，也不禁有庄严的心情。

不封冻的井

和一位朋友到一家店里叫了饮料，朋友喝了一口忍不住吃惊地赞叹起来：“这是什么东西，这么好喝？”“这是木瓜牛奶呀！”我比他更吃惊。“木瓜牛奶是什么做的？”“木瓜牛奶就是木瓜加牛奶，用果汁机打在一起做成的。”然后我试探地问：“难道你没有喝过木瓜牛奶吗？”“是呀！这是我第一次喝到木瓜牛奶。”朋友理直气壮地说。真是不可思议的事，对我来说，一个人在台湾生活了三十年而没有喝过木瓜牛奶，就仿佛不是台湾人一样。对我的朋友却是自然的，因为他是世家子弟，家教非常严格，从小的自由非常有限，甚至不准在外面用餐的。当然，他们家三餐都有佣人打理，出门有司机，叠被铺床都没有自己动过手，更别说洗衣拿扫把了。

到三十岁才有一点点自由，这自由也只是喝一杯路边的木瓜牛奶汁而已。

对生长在南台湾贫困乡村的我，朋友像是来自外太空的人，我们过去的生活几乎没有重叠的部分。在乡下，我们生活的每一分钱都是流汗流血奋斗的结果，小孩还没有到上学的年龄就要下田帮忙农事，大到推动一辆三轮板车，小至缝一枚掉了的扣子，都是六七岁时就要亲手去做。而小街边的食物便是我们快乐的泉源，像木瓜牛奶这么高级的东西不用说，能喝到杨桃水、绿豆汤已经谢天谢地，纵使是一支红糖冰棒或一盘浇了香蕉油的刨冰，就能使我们快乐到极致了。

有时候我们不免也会羡慕有钱人家的孩子，但当我们知道有钱人的孩子不能全身脱光到溪边游泳，或者下完课不能在田野的烂泥里玩杀刀的时候，我们都很同情有钱人的孩子。

在我们那个年代的农村里，孩子几乎没有任何物质的欲望，因为知道即使有物质欲望也不能获得，最后就完全舍弃了。无欲则刚，到后来我们即使赤着脚、穿破衣去上学，也充满了自信和快乐。

这其实没有什么秘诀，只是深信物质之外，还有一些能使我们快乐的事物不是来自物质。而且对这个世界保持微微喜悦的心情，知道在匮乏的生活里也能有丰满的快乐，便宜的食物也有好吃的味道，小环境里也有远大的梦想——这些卑中之尊、贱中之美、小中之大，乃至于丑中之美、坏中之好，都是因微细喜悦的心情才能体会。

在夏天里，我深信坐在冷气房里喝冰镇莲子汤的美味远远比不上在田中流汗工作，然后在小路上灌一大碗好心人的“奉茶”，奉茶不是舌头到喉管的美味，而是心情互相体贴而感到的欢喜。

在禅宗的《碧岩录》里有一个故事，德云禅师和一位痴圣人一起去担挑积雪，希望能把井口埋起来，引起了别人的讪笑。当然，雪无法把井口埋住是大家都知道的，德云法师为什么要担雪埋井呢？他是启示了一个伟大的反面教化，这个教化是：只要你心底有一口泉涌的井，还怕会被寒冷的雪封埋吗？

不要羡慕别人门头没有雪，自己挖一口泉涌的井才是要紧的事。

“不封冻的井”是一个多么深邃的启示，它是突破冷漠世界的挚情，是改变丑陋环境成为优美境地的心思，是短暂生命里不断有活力萌芽的救济。

心井永不封冻，就能使我们卓然不群，不随流俗与物欲转动了。

在路边自由地喝杯木瓜牛奶，滋味不见得会比人参汤逊色呀！

一千支银针

一位乡下的小朋友告诉我一个有趣的童话故事，是我从未听说过的，小朋友也不知道出处，我现在把它记录下来：

从前有个国王，他有七个女儿，七位公主各有一千支用来整理她们头发的扣针，每一支都是镶有钻石且非常纤细的银针，扣在梳好的头发上就好像闪亮的银河缀满了星星。

有一天早晨，大公主梳头的时候，发现银针只有九百九十九支，有一支不见了，她困惑烦恼不已，但她自私地打开二公主的针箱，悄悄地取出一支针。二公主也因为少了一支银针而从三公主那里偷了一支，三公主也很为难地偷了四公主的针，四公主偷了五公主的，五公主偷了六公主的，六公主也偷了七公主的，最后被连累的是七公主。

正好第二天国王有贵宾要从远方来，七公主因为少了一支银针，剩下一把长发无法扣住，她整天都焦急地跟侍女在找银针，甚至说：“假如有人找到我的银针，我就嫁给他。”

窗外的小树枝听见了，伸进来说：“用我的树枝做你的银针吧？”但是树枝过硬，头发会竖起来。

山中的泉水听见了，用它冻结的冰块说：“用这冰做银针吧！”但是冷冷的冰一插进头发里就马上溶为水滴了。

天上的月亮听见了，说："用我银色的光线做你的银针吧！"但是月光的银线太柔软了，扣不起头发。

七公主无可奈何地叹息说："啊！明天有贵宾要来哩！"

第二天，从远方来的贵宾原来是一位王子，王子手里拿着一支银针，他说："淘气的小鸟在我狩猎的帽子里筑了巢，我发现里面有一支雕有贵城花纹的发针，是不是其中一位公主的？"

六位公主都吵闹及焦急起来，知道那一支银针是自己失落的，可是她们的头发都用一千支银针梳得像银河一样美丽。

"啊！那是我掉的银针！"躲在屋里的七公主急忙跑出来说。

可是王子非但没有还七公主银针，还出神地吻了她，七公主未梳理的长发滴溜溜地垂到脚跟而发亮着……

这个故事的结局就像所有美丽的童话一样——"王子和公主从此过着幸福快乐的生活"。听这个故事是在乡下的庭前，出自一位小学女生之口，她说完故事，抬头望着远山外闪烁晶明的星星，幻想着自己正是那个失落一支银针的七公主，她全然不知道"失落"也有悲哀的时候，最后她嘴角带着微笑，在星光下睡着了。

但是听完故事的我，到半夜还不能入眠，一个多么简单的童话呀！竟使我的思绪飘到了天的远方。"一千支银针"对我来说有一种鲜明的象征意义，它象征着命运繁复的节点，每个人在生命的推展过程中，有着许许多多像银针一样能改变命运的因素，它有时是那样细小，连窗外的树，山中的泉，天上的月亮都帮不上忙，但是却改变了一个人的一生。

原来，拥有一千支银针的公主，并不能保证比失落了银针的公主拥有更好的命运。银针的失落与命运的错失本来是具有悲剧感的，但是因为命运小鸟的穿梭，悲剧便成了喜剧，我相信每个人都有过类似的经验。

再想到生命的失落，当然万劫不复的大失落在人间不是没有，然而像银针那么微小的失落，从大的观点来看总是有补偿的，我一直不肯相信生命中有永远的失落，永远的失落只有在自暴自弃的人身上才能找到，我很喜欢培根说的:“人们没有哭，便不会有笑。小孩一生下来，便有哭的本领，后来才学会笑；一个人不先了解悲哀，便不会了解快乐。”失落也是如此，人没有失落，就不能体会获得的真切的快乐。尼采所言“快乐之泉喷得太满，常常冲倒想盛满的白杯子”，也是这个道理。

这样想时，对生命的事，对情爱的观点，也就能云淡风轻处之泰然了。每个人设若都有一千支银针，不巧失落了一支，不必伤悲；因为我们还有九百九十九支银针，它们仍然能散放光芒，正如天上繁星万盏，有时雨天少了一颗，其他的还是在为我们放光。

寻找从前的眼泪

铅泪结，如珠颗颗圆；
移时验，不曾一颗真。
——澹归禅师

我走到一条分岔路口，遇见一位老先生在路口奉茶。

路口太热了，我讨了一杯茶喝，看见两条分岔路的路头各种了一株高大的树，左边的是樱花，右边的是玉兰花。

“这两条路是通往哪里？”我问。

老者说：“左边的这一条是要寻找从前的眼泪，右边这一条是要寻找未来的笑容。”

“哪一条比较热闹呢？”

“当然是右边这一条了！寻找从前的眼泪的人很少，大部分人都在找未来的笑容。”

我一边喝茶，一边寻思，我一向不爱走人迹热闹的路，喜欢走孤独的小径，于是谢了老者的茶，往左边的路去寻找从前的眼泪。

通往从前的眼泪之路，沿路都是落樱，刚谢落的樱花使小路形成了一种凄楚的美，恍然若梦，而我走在梦里。

但是，那一条路，很短很短，路很快就断了，横在尽头的是一条大河，河水奔腾，向不可知的远方流去，我不明所以地站在河边，哪里才是从前的眼泪呢？

突然瞥见河边的标示："泪河——所有人的眼泪，共同的流向。"

我的心里涌起一段对话：

佛陀：是你们无穷的身世里所流的眼泪多呢，还是四大海的水多？

弟子：世尊！是我等的泪比四大海的水多！

佛陀：善哉！善哉！

若能汇集遥远身世以来的、从前的眼泪，一定也多过眼前这奔流的大河呀！站在河边茫茫水雾中的我，忧伤地想着。

突然，我从迷茫的睡梦中醒来，呀呀！原来是一场梦。

梦的暗示有时比实际人生更真实。

从前的眼泪不论有多么真切，晶莹、圆润、硬朗，一如珍珠，时空一过，尽成幻化，没有一颗是真实的。可叹我们总留在泪海里，我们永浴爱河，在爱与泪的河水里泅游，不能解脱。

若有那么一天，我们不再泅游，不再沉沦，不再寻找从前的眼泪，那一刻的觉察，或者就是悟了。

悟了，是不是就在走向未来的笑容呢？我不知道，问一问路头那一株玉兰花吧！

可以预约的雪

东部的朋友来约我，到阳明山往金山的阳金公路看秋天的菅芒花。说是在他生命的印象中，春天东部山谷的野百合与秋季阳金公路的菅芒花是台湾最美丽的风景。

如今，东部山谷的野百合因为山地的开发与环境的破坏，已经不可再得，只剩下北台湾的菅芒花是唯一可以预约的美景。

他说:“就像住在北国的人预约雪景一样，秋天的菅芒花是可以预约的雪呀！”

我答应了朋友的邀约，想到两年前我们也曾经在凉风初起的秋天与一些朋友到阳明山看菅芒花。

经过了两年，菅芒花有如预约，又与我们来人间会面。可是同看菅芒花的人，因为因缘的变迁离散，早就面目全非了。

一个朋友远离乡土，去到下雪的国度安居。

一个朋友患了幻听，经常在耳边听到幼年的驼铃。

一个朋友竟被稀有的百步蛇咬到，在鬼门关来回走了三趟。

约我看菅芒花的朋友结束了二十年的婚姻，重过单身汉无拘无束的生活。

我呢！最慈爱的妈妈病故，经历了离婚再婚，又在四十五岁有了第二个孩子。

才短短的两年，如果我们转头一看，回顾四周，两年是足以让所有的人都天旋地转的时间了，即使过着最平凡安稳生活的人，也不可能两年里都没有因缘的离散呀！即使是最无情冷漠的心，也不可能在两年里没有哭笑和波涛呀！

在我们的生命里，到底变是正常的还是不变是正常的？

那围绕在窗前的溪水，是每一个刹那都在变化的，即使看起来不动的青山，也是随着季节在流变的。我们在心灵深处明知道生命不可能不变，可是在生活中又习惯于安逸不变，这就造成了人生的困局。

我们谁不是在少年时代就渴望这样的人生：爱情圆满，维持恒久；事业成功，平步青云；父母康健，天伦永在；妻贤子孝，家庭和乐；兄弟朋友，义薄云天……这是对于生命“常”的向往。但是在岁月的拖磨里，我们逐渐看见隐藏在“常”的面具中那闪烁不定的“变”的眼睛。我们仿佛纵身于大浪，虽然紧紧抱住生命的浮木，却一点儿也没有能力抵挡巨浪，只是随风波浮沉。也才逐渐了解到因缘的不可思议，生命的大部分都是不可预约的。

我们可以预约明年秋天山上的菅芒花开，但我们怎能预约菅芒花开时，我们的人生有什么变化呢？

我们也许可以预约得更远，例如来生的会面，但我们如何确知，在三生石上的，真是前世相约的精魂呢？

在我们的生命旅途，都曾有过开同学会的经验，也曾有过与十年二十年不见的朋友不期而遇的经验。当我们在两相凝望之时常会大为震惊，因为变化之大往往超过我们的预期。我每次在开同学会或与旧友重逢之后，心总会陷入一种可畏惧的茫然，我畏惧于生之流变巨大，也茫然于人之渺小无奈。

思绪随着茫然跌落，想着：如果能回到三十年前多好，生命没有考验，情爱没有风波，生活没有苦难，婚姻没有折磨，只有欢笑、狂歌、顾盼、舞踊。

可是我也随之转念，真能回到三十年前，又走过三十年，不也是一样的变化，一样的苦难吗？除非我们让时空停格、岁月定影，然而这是完全不可能的。

深深去认识生命里的“常”与“变”，并因而生起悯恕之心，对生命的恒常有祝福之念，对生命的变化有宽容之心。进而对自身因缘的变化不悔不忧，对别人因素的变化无怨无尤。这才是我们人生的课题吧！

当然，因缘的“常”不见得是好的，因缘的“变”也不全是坏的，春日温暖的风使野百合绽放，秋天萧飒的风使菅芒花展颜，同是时空流变中美丽的定影、动人的停格，只看站在山头的人能不能全心投入、懂不懂得欣赏了。

在岁月，我们走过了许多春夏秋冬；在人生，我们走过了许多冷暖炎凉。我总相信，在更深更广处，我们一定要维持着美好的心、欣赏的心，就像是春天想到百合、秋天想到芒花，永远保持着预约的希望。

尚未看到菅芒花的此时，想到车子在米色苍茫的山径蜿蜒而上，菅芒花与从前的记忆美丽相叠，我的心也随着山路而蜿蜒了。

咫尺千里

今天下午偶然遇到一个朋友，他正在参与拯救青少年的义工工作，现在进行的活动叫作“远离边缘”。

朋友告诉我一些他接触的个案，有一些青少年因为无知，被朋友带去吸毒和抢劫；还有一些因为成绩不好，被社会和学校的教育遗弃，只好流浪街头，做出犯法的事。但是，大部分的青少年会走到边缘，是由于缺少父母亲的爱，当一个人连父母亲的爱都失去了，就什么坏事都可能做出来了。

朋友非常感叹地说：“每次想到这些身体强健的青少年，只因为缺少爱就变坏，心里就很着急，真想每个人都能多爱一些，说不定能支持他们远离边缘。”

我们更感慨的是，这几十年来社会的变迁和教育的失败，使一般的人——不论是青少年，或是成人——都失去了爱的表达能力。我们花更多的时间追求物质的生活，却吝于花一点儿时间来对待自己的亲人；我们用更多的力气做一些外面的琐事，却舍不得多给最亲的人一些关怀。

那些身强体壮、有无限精力的青少年，他们会变得茫然，成为边缘人，整个社会都有责任。

因为这个社会愈来愈多的是冷漠，而愈来愈少的是爱。

我对朋友说："只有爱。才能拯救这个社会呀！"

这个社会确实存在许多的边缘，但"边缘"指的不是文化的或社会的，我们在最繁华的都市里，反而有最多边缘的青少年；在最富有的家庭里，可能培育出最冷漠的心灵。

与朋友谈天结束后，我沿着忠孝东路散步走回家，看着那些外表坚实华丽的大楼，内部是那样冷硬而无感，过于巨大约招牌杂乱无章地挂着。

这些大楼、这些招牌，不正是这个社会人心的显现吗？

我们有着更大的占据与高耸的外表，却有更多的流失与更大的荒芜，我们失去的是心灵的故乡与思想的田园，这是使我们流落于边缘的根源呀！

回到家，我接到儿子读幼稚园时的一位老师寄给我的稿子，这本稿子是一个母亲的日记。

这个母亲因为怀孕时受到病毒感染，生下一个先天畸形的女婴，取名为"心澄"，期望小女孩虽然残缺，还能"心澄如水，能清楚地照见自己、照见世间”。

但是，心澄生下来之后，残缺还没有结束，因为她的脑部病变是“进行式”的，心澄先是肠胃病弱，接着是四肢萎缩，再后来是脊椎侧弯，情况一天比一天更糟。

不管情况变得多么糟，心澄的母亲汪义丽女士永不放弃，甚至“连一天也没有离开过孩子”，她带着孩子对抗疾病，对抗残酷的命运，坚持到底。那是源自于她有非常充沛的爱，这爱是泉源，不会枯竭。

心澄在父母亲的爱里，最后还是走了，一共只活了四年的时间，留下来的，是母亲在这四年中写下的充满光辉和泪水的日记。

我跟随着这一本日记、跟随着互相深爱的母女的悲喜，希望能寻找到命运的阳光。

终至我深深地叹息了。

即使如此丰盈的爱，也无力回天，大化实在太无情了。

尽管大化无情，但真正纯粹的爱里，过程是比结局远为重要的，“爱别离”既是人生的必然，却很少人知道，只要完全融入地爱过，别离也就不能拘限我们了。

另外使我叹息的是这世间的荒诞，许多身强体健的青少年形同被父母遗弃；许多面貌姣好的少女被父母像货品一样出售。反而许多父母的心肝宝贝，却是身心有残缺的，唉唉！大化岂止是无情而已！

在这流动的世间、流转的人情里，是必然的呢？还是偶然的？

如果是偶然的，人生不就如同风云雨露吗？

如果是必然的，存在的理由又是什么呢？

那必然的存在，是为了启示我们、成就我们，让我们学习更繁重的生命课程，以彻底转化我们的心性。

对于能不断学习和超越的人，由于转化、启示与成就，所以折磨是好的，受苦也是好的。

当我读到心澄的母亲每个字都以血泪铸造的日记，看到她如何在不断地失望、无望、绝望中转化与超拔，使我想到“母心即是佛心，佛心即是母心”的句子。

我也为心澄而感到安慰，虽然她在人间只有短短四年，却沐浴在浓郁的爱里，她所得到的爱可能超过那因为缺乏爱而沦落边缘的人一生的总和。

我宁可把心澄的生命历程看成是一个不凡的示现，她以短暂的生命来启示她身边的人，而她的母亲为她做的真实记录，但望能启示更多徘徊在爱的边缘的人，回到生命的中心——爱——里来。

我想，天下的父母如果都肯为孩子记录一些生命的日记，并且有义丽那样细腻的爱，那我们的孩子就有福了。他们再也不会陷入边缘，不论他们是强健或缺陷，不论他们是资优生或后进生，都能无憾地成长，昂然立于天地之间。

在我们这样的时代和社会，只有更无私的爱，才有拯救的力量。

使我痛心的是，为什么那些勇于承担爱的人，往往为了得到咫尺的爱而奔波千里？为什么有好的环境可以去爱的人，却使唾手可得的爱流放于千里之外？

从偶然而观之，但愿天地间相隔千里的心，都可以在咫尺相聚。

从必然观之，但愿由前世情缘相聚的人，都可以互相珍惜。

我们都要深信：这世界没有真正的边缘！

○

肆

咸也好，淡也好

四随

随喜

在通化街入夜以后，常常有一位乞者，从阴暗的街巷中冒出来。

乞者的双腿齐根而断，他用厚厚包着棉布的手掌走路。他双手一撑，身子一顿就腾空而起，然后身体向一尺前的地方扑跌而去，用断腿处点地，挫了一下，双手再往前撑。

他一走路几乎是要惊动整条街的。

因为他在手腕的地方绑了一个小铝盆，那铝盆绑的位置太低了，他一“走路”，就打到地面“咚咚”作响，仿佛是在提醒过路的人，不要忘了把钱放在他的铝盆里面。

大部分人听到“咚咚”的铝盆声，俯身一望，看到时而浮起时而顿挫的身影，都会发出一声惊诧的叹息。但是，也是大部分的人，叹息一声，就抬头仿佛未曾看见什么地走过去了。只有极少极少的人，怀着一种悲悯的神情，给他很少的布施。

人们的冷漠和他的铝盆声一样令人惊诧！不过，如果我们再仔细看看通化夜市，就知道再悲惨的形影，人们已经见惯了。短短的通化街，就有好几个行动不便、肢体残缺的人在卖奖券，有一位点油灯弹月琴的老人盲妇，一位头大如斗四肢萎缩瘫在木板上的孩子，一位软脚全身不停打摆的青年，一位口水像河流一般流淌的小女孩，还有好几位神智纷乱来回穿梭终夜胡言的人……这些景象，使人们因习惯了苦难而逐渐把慈悲盖在冷漠的一个角落。

那无腿的人是通化街里落难的乞者之一，不会引起特别的注意，因此他的铝盆常是空着的。他为了引起人们的注意，有时故意来回迅速地走动，一浮一顿，一顿一浮……有时候站在街边，听到那急促敲着地面的铝盆声，可以听见他心底多么悲切的渴盼。

他经常戴着一顶斗笠，灰黑的，有几茎草片翻卷了起来，我们站着往下看，永远看不见他脸上的表情，只能看到那有些破败的斗笠。

有一次，我带孩子逛通化夜市，忍不住多放了一些钱在那游动的铝盆里，无腿者停了下来，孩子突然对我说："爸爸，这没有脚的伯伯笑了，在说'谢谢！'"这时我才发现孩子站着的身高正与无腿的人一般高，想是看见他的表情了。无腿者听见孩子的话，抬起头来看我，我才看清他的脸粗黑，整个被风霜腌渍，厚而僵硬，是长久没有使用过表情的那种。后来，他的眼神和我的眼神相遇，我看见了一直在夜色中被湮没的眼睛透射出一种温暖的光芒，仿佛在对我说话。

在那一刻，我几乎能体会到他的心情，这种心情使我有着悲痛与温柔交错的酸楚。然后他的铝盆又响了起来，向街的那头响过去，我的胸腔就随他顿挫顿浮的身影而摇晃起来。

我呆立在街边，想着，在某一个层次上，我们都是无脚的人，如果没有人与人之间的温暖与关爱，我们根本就没有力量走路，不管在任何时候任何地方，我们见到了令我们同情的人而行布施之时，我们等于在同情自己，同情我们生在这苦痛的人间，同情一切不能离苦的众生。倘若我们的布施使众生得一丝喜悦温暖之情，这布施不论多少就有了动人的质地，因为众生之喜就是我们之喜，所以佛教里把布施、供养称为“随喜”。

这随喜，有一种非凡之美。它不是同情、不是悲悯，而是因众生喜而喜，就好像在连绵的阴雨之中让我们看见一道精灿的彩虹升起，不知道阴雨中有彩虹的人就不会有随喜的心情。因为我们知道有彩虹，所以我们布施时应怀着感恩，不应稍有轻慢。

我想起经典上那伟大充满了庄严的维摩诘居士，在一个动人的聚会里，有人供养他一些精美无比的璎珞，他把璎珞分成两份，一份供养难胜如来佛，一份布施给聚会里最卑下的乞者，然后他用一种威仪无匹的声音说：“若施主等心施一最下乞人，犹如如来福田之相，无所分别，等于大悲，不求果报，是则名曰具足法施。”

他甚至警策地说，那些在我们身旁一切来乞求的人，都是住于不可思议解脱菩萨境界的菩萨来示现的，他们是来考验我们的慈悲心与菩提心，使我们从世俗的沦落中超拔出来。我们若因乞求而布施来植福德，我们自己也只是个乞求的人，我们若看乞者也是菩萨，布施而怀恩，就更能使我们走出迷失的津渡。

我们布施时应怀着最深的感恩，感恩我们是布施者，而不是乞求的人；感恩那些秽陋残疾的人，使我们警醒，认清这是不完满的世界，我们也只是一个不完满的人。

“一切菩萨所修无量难行苦行，志求无上正等菩提，广大功德，我皆随喜。如是虚空界尽、众生界尽、众生烦恼尽，我比随喜无有穷尽。”

我想，怀着同情、怀着悲悯，甚至怀着苦痛、怀着鄙夷来注视那些需要关爱的人，那不是随喜，唯有怀着感恩与菩提，使我们清和柔软，才是真随喜。

随业

打开孩子的饼干盒子，在角落的地方看到一只蟑螂。

那蟑螂静静地伏在那里，一动也不动。我看着这只见到人不逃跑的蟑螂而感到惊诧的时候，突然看见蟑螂的前端裂了开来，探出一个纯白色的头与触须，接着，它用力挣扎着把身躯缓缓地蠕动出来，那么专心、那么努力，使我不敢惊动它，静静蹲下来观察它的举动。

这蟑螂显然是要从它破旧的躯壳中蜕变出来，它找到饼干盒的角落脱壳，一定认为这是绝对的安全之地，不想被我偶然发现，不知道它的心里有多么心焦。可是再心焦也没有用，它仍然要按照一定的程序，先把头伸出，把脚小心地一只只拔出来，一共花了大约半小时的时间，蟑螂才完全从它的壳用力走出来，那最后一刻真是美，是石破天惊的，有一种纵跃的姿势。我几乎可以听见它喘息的声音，它也并不立刻逃走，只是用它的触须小心翼翼地探着新的空气、新的环境。

新出壳的蟑螂引起我的叹息，它是纯白的几近于没有一丝杂质，它的身体有白玉一样半透明的精纯的光泽。这日常引起我们厌恨的蟑螂，如果我们把所有对蟑螂既有的观感全部摒除，我们可以说那蟑螂有着非凡的惊人之美，就如同草地上新蜕出的翠绿的草蝉一样。

当我看到被它脱除的那污迹斑斑的旧壳，我觉得这初初钻出的白色小蟑螂也是干净的，对人没有一丝害处。对于这纯美干净的蟑螂，我们几乎难以下手去伤害它的生命。

后来，我养了那蟑螂一小段时间，眼见它从纯白变成灰色，再变成灰黑色，那是转瞬间的事了。随着蟑螂的成长，它慢慢地从安静的探触而成为鬼头鬼脑的样子，不安地在饼干盒里搔爬，一见到人或见到光，它就不安焦急地想要逃离那个盒子。

最后，我把它放走了，放走的那一天，它迅速从桌底穿过，往垃圾桶的方向遁去了。

接下来好几天，我每次看到德国种的小蟑螂，总是禁不住地想，到底这里面哪一只是我曾看过它美丽的面目、被我养过的那只纯白的蟑螂呢？我无法分辨，也不需去分辨，因为在满地乱爬的蟑螂里，它们的长相都一样，它们的习气都一样，它们的命运也是非常类似的。

它们总是生活在阴暗的角落，害怕光明的照耀，它们或在阴沟或在垃圾堆里度过它们平凡而肮脏的一生。假如它们跑到人的家里，等待它们的是克蟑、毒药、杀虫剂，还有用它们的习性做成来诱捕它们的蟑螂屋，以及随时踩下的巨脚，擎空打击的拖鞋，使它们在一击之下尸骨无存。

这样想来，生为蟑螂是非常可悲而值得同情的，它们是真正的"流浪生死，随业浮沉"，这每一只蟑螂是从哪里来投生的呢？它们短暂的生死之后，又到哪里去流浪呢？它们随业力的流转到什么时候才会终结呢？为什么没有一只蟑螂能维持它初生时纯白、干净的美丽呢？

这无非都是业。

无非是一个不可知的背负。

我们拼命保护那些濒临绝种的美丽动物，那些动物还是绝种了。我们拼命创造各种方法来消灭蟑螂，蟑螂却从来没有减少，反而增加。

这也是业，美丽的消失是业，丑陋的增加是业，我们如何才能从业里超拔出来呢？从蟑螂，我们也看出了某种人生。

随顺

在和平西路与重庆南路交口的地方，每天都有卖玉兰花的人，不只在天气晴和的日子他们出来卖玉兰花，有时是大风雨的日子，他们也来卖玉兰花。

卖玉兰花的人里，有两位中年妇女，一胖一瘦；有一位消瘦肤黑的男子，怀中抱着幼儿；有两个小小的女孩，一个十岁，一个八岁；偶尔，会有一位背有点儿弯的老先生和一位白发苍苍的老妇，也加入贩卖的阵容。

如果在一起卖的人多，他们就和谐地沿着罗斯福路、新生南路步行扩散，所以有时候沿着和平东西路走，会发现在复兴南路口、建国南路口、新生南路口、罗斯福路口、重庆南路口都是几张熟悉的面孔。

卖花的不管是老人还是孩子，他们都非常和气，端着用湿布盖好以免玉兰枯萎的木盘子从面前走过，开车的人一摇手，他们绝不会有任何的嗔怒之意。如果把车窗摇下，他们会赶忙站到窗口，送进一缕香气来。在绿灯亮起的时候，他们就站在分界的安全岛上，耐心等候下一个红灯。

我自己就是交通专家所诅咒的那些姑息卖玉兰花的人，不管是在什么样的路口，遇到任何卖玉兰花的人，我总是忘了交通安全的教训，买几串玉兰花，买到后来，竟认识了罗斯福路、重庆南路口几位卖玉兰花的人。

买玉兰花时，我不是在买那些清新怡人的花香，而是买那生活里辛酸苦痛的气息。

每回看到卖花的人站在烈日下默默拭汗，我就忆起我的童年时代为了几毛钱在烈日下卖支仔冰、在冷风里卖枣子糖的过去。在心里，我可以贴近他们心中的渴盼，虽然他们只是微笑着挨近车窗，但在心底，是多么希望有人摇下车窗买一串花。这关系着人间温情的一串花才卖十元，是多么便宜，但便宜的东西并不一定廉价，在冷气车里坐着的人，能不能理解呢？

几个卖花的人告诉我，最常向他们买花的是出租车司机，大概是出租车司机最能理解辛劳奔波的生活是什么滋味，他们对街中卖花者遂有了最深刻的同情。其次是开小车子的人。最难卖的对象是开着豪华进口车，车窗是黑色的人，他们高贵的脸一看到玉兰花贩走近，就冷漠地别过头去。

有时候，人间的温暖和钱是没有关系的，我们在烈日焚烧的街头动了不忍之念，多花十元买一串花，有时在意义上胜过富者为了表演慈悲，微笑照相登上报纸的百万捐输。

不忍？

是的，我买玉兰花时就是不忍看人站在大太阳下讨生活，他们为了激起人的不忍，有时把婴儿也背了出来，有人批评他们把孩子背到街上讨取人的同情是不对的。可是我这样想：当妈妈出来卖玉兰花时，孩子要交给保姆或佣人吗？当我们为烈日暴晒而心疼那个孩子，难道他的母亲不痛心吗？

遇到有孩子的，我们多买一串玉兰花吧！不要问什么理由。

我是这样深信：站在街头的这一群沉默卖花的人，他们如果有更好的事做，是绝对不会到街上来卖花的。

设身处地地为苦恼的人着想，平等地对待他们，这就是“随顺”，我们顺着人的苦难来满他们的愿，用更大的慈和的心情让他们不要在窗口空手离去，那不是说我们微薄的钱真能带给卖花的人什么利益，而是说我们因有这慈爱的随顺，使我们的心更澄澈、更柔软，洗涤了我们的污秽。

“一切众生而为树根，诸佛菩萨而为华果，以大悲水饶益众生，则能成就诸佛菩萨智慧华果。”

我买玉兰花的时候，感觉上，是买一瓣心香。

随缘

有一位朋友，她养了一条土狗，狗的左后脚因被车子辗过，成了瘸子。

朋友是在街边看到这条小狗的，那时小狗又脏又臭，在垃圾堆里捡拾食物，朋友是个慈悲的人，就把它捡了回来，按照北方习俗，名字越俗贱的孩子越容易养，朋友就把那条小狗正式命名为“小瘸子”。

小瘸子原是人见人恶的街狗，到朋友家以后就显露出它如金玉的一些美质。它原来是一条温柔、听话、干净、善解人意的小狗，只是因为生活在垃圾堆里，它的美丽一直未被发现吧。它的外表除了有一点儿土，其实也是不错的，它的瘸，到后来反而是惹人喜爱的一个特点，因为它不像平凡的狗乱纵乱跳，倒像一个温驯的孩子，总是优雅地跟随它美丽的女主人散步。

朋友对待小瘸子也像对待孩子一般，爱护有加，由于她对一条瘸狗的疼爱，在街闾中的孩子都唤她“小瘸子的妈妈”。

小瘸子的妈妈爱狗，不仅孩子知道，连狗们也知道，她有时在外面散步，巷子里的狗都跑来跟随她，并且用力地摇尾巴，到后来竟成为一种极为特殊的景观。

小瘸子慢慢长大，成为人见人爱的狗，天天都有孩子专程跑来带它去玩，天黑的时候再带回来。由于爱心，小瘸子竟成为巷子里最得宠的狗，任何名种狗都不能和它相比。也因为它的得宠，有人以为它身价不凡，一天夜里，小瘸子被抱走了，朋友和她的小女儿伤心得就像失去一个孩子。巷子里的孩子也惘然失去最好的玩伴。

两年以后，朋友在永和一家小面摊子上认到了小瘸子，它又回复在垃圾堆的日子，守候在桌旁捡拾人们吃剩的肉骨。

小瘸子立即认出它的旧主人，人狗相见，忍不住相对落泪，那小瘸子流下的眼泪竟滴到地上。

朋友把小瘸子带回家，整条巷子因为小瘸子的回家而充满了喜庆的气息。这两年间小瘸子的遭遇是不问可知的，一定受过不少折磨，但它回家后又恢复了往日的神采。过不久，小瘸子生了一窝小狗，生下的那天就全被预约，被巷子里、甚至远道来的孩子所领养。

做过母亲的小瘸子比以前更乖巧而安静了，有一次我和朋友去买花，它静静跟在后面，不肯回家，朋友对它说了许多哄小孩一样的话，它才脉脉含情地转身离去。从那一次以后，我再也没有看到过小瘸子，它是被偷走了呢？还是自己离家而去？或是被捕狗队的人所逮捕？没有人知道。

朋友当然非常伤心，却不知道在什么时候什么地点可以再与小瘸子会面。朋友与小瘸子的缘分又是怎么来的呢？是随着前世的因缘还是开始在今生的会面？

一切都未可知。

但我的朋友坚信有一天能与小瘸子再度相逢，她美丽的眼睛望着远方说："人家都说随缘，我相信缘是随愿而生的，有愿就会有缘，没有愿望，就是有缘的人也会错身而过。"

长命菜

每年在围炉吃年夜饭的时候，妈妈都会准备一盘“长命菜”，长命菜是南部乡下的习俗，几乎每一家都会准备。

“长命菜”并不是什么特别的菜，只是普通的菠菜，由于是农人为过年习俗特别种植的，又和一般菠菜不一样。大约是菠菜长到八寸至一尺长时采摘，采的时候要连根拔起，不论根、茎、叶都不可折断。

采好后洗净，一束束摆在菜摊，绿色的茎叶配着艳红的根，非常好看。

家里种菜的时候，妈妈会在除夕当天的清晨到菜园去采菠菜，每次都是小心翼翼，生怕折断了菠菜。后来家里不种菜了，就会到市场去选特别嫩的菠菜来做长命菜。

“长命菜”的做法最简单了，就是把菠菜放在水里烫熟，一棵棵摊平摆在盘中（不可弯折）。每次看到煮熟的菠荚，都使我想起李翰祥电影《乾隆下江南》里，乾隆皇帝到江南吃到一道名菜“红嘴绿鹦哥”，认为是人间至极的美味，其实只是连着根的菠菜罢了。

“不可咬断，要连根一起吞下去！”要吃长命菜前，爸爸都会煞有介事地叮咛我们，并且先示范表演一番。

我们都会信以为真，然而小孩子喉咙细，吞起一棵菠菜也不是那么容易的，好不容易把一棵长命菜吞进腹中，耳畔就会响起一片鼓励的掌声，等到所有的人把长命菜吞完，年夜饭才算正式开始。

“长命菜”是乡下平凡百姓对生命最大的祝愿，希望新的一年有一个好的开始，并且能长命百岁，生命纵使有苦难的时刻，因为有这样的祝愿，仿佛幸福也在不远之前。

当然，吃长命菜不会使人长命百岁，从小逼迫我们吃长命菜的父亲，早就走完人生的旅程。与我们排队吃长命菜的堂兄弟姐妹，也有四位离开了世间；其他的兄弟姐妹也因为散居世界各地而星云四散了。

长命菜不长命，团圆饭不团圆，这并不是什么悲哀的事，而是人间的真情实景。我们每年还是渴望着团圆，笑闹着吃长命菜，因为那是一种“希望工程”，希望我们能珍惜今生的缘分，希望我们都能活得更长命，来和亲爱的家人相守。

闽南语歌曲《走马灯》里有这样几句：“星光月光转无停，人生呀人生，冷暖世情多演变，人生宛如走马灯。”每次到过年就会想到这首歌，想到星月的流转，年华的短促；想起历尽沧桑的情景，悲欢离合转不停，这时候就会觉得只要能珍惜着今年今夜、此情此景，便是生命的幸福了。

儿时吃长命菜那种欢欣鼓舞的景象，常常宛如生命的掌声，推着我们前进。

只要我们的爱与幸福可以绵延，使欢喜充满在每一刻，那就是生命最大的祝愿了。因此，不管我在天涯海角，每年过年的时候，我都会亲自准备一盘长命菜，想起父亲，还有一些难以忘怀的生命的痕迹！

随俗罢了

收到您的来信后，我不敢称呼您“洪博士”，但是我想不管称呼您的名字或头衔，您我都知道那叫的就是您，不是别人！

您的问题是：“佛要人去我执，可是我阅读的佛学书籍的作者，总是把自己的履历及著作列出来。看他们讲的是禅学，头上却戴着那么多帽子，似乎我执都未去掉，到底原因何在？”

您说这个问题曾问过几位法师居士，都未得到他们的答复，不知原因何在，可能是与他们无缘，而您希望我不用客套，以最真实的禅心毫无隐瞒地回答您的问题。

收到您的信，使我想起一些常被问到的类似的问题，例如“佛教主张吃素，为什么素菜馆里素菜有‘羊肉汤’和‘红烧鱼’的名字呢？”例如“禅宗里说教外别传，不立文字，为什么却有那么多的公案和语录呢？”例如“禅宗说第一义不可说，那么，你写那么多文章有何意义？”例如“六祖慧能不识字，也可以成佛作祖，是不是我们应该舍弃一切经典呢？”例如“佛说法明明是四十九年，为什么说不曾说过一字呢？”……

这些问题的面目不同，其本质都是一样的。既然您是以禅的态度来问，我就用禅的公案来回答您吧！唐宣宗在还没有当皇帝时，曾经因避乱而隐居在禅寺里，他在盐官禅师座下当书记，黄檗希运禅师是那里的首座。

有一天，黄檗禅师在佛堂礼佛，正当他五体投地的时候，宣宗问他说："求道的人，不应执着于佛，不应执着于法，也不应执着于僧，你为什么要礼拜呢？"黄檗回答说："我没有执着于佛，也没有执着于法，更没有执着于僧，我之所以这样做，只是随俗罢了！"宣宗又问："既然只是随俗，礼拜又有什么用处呢？"黄檗听了，举手就是一掌劈过去，打得宣宗哇哇大叫，说："你怎么这样粗鲁！""这是什么地方，你竟敢在这里说粗说细！"黄檗义正辞严地说。

是的，禅师印出他的著作，上面挂着文学博士、大学教授等头衔，无非也只是和黄檗一样，只是随俗罢了，其中并没有特别的用意。我想，一个禅师之所以要写书，和古代禅师的公案、语录一样，不是为自己来说来写，而是为了引导众生的方便，既然这样，就要随顺众生的习惯。

像我就觉得，禅书里把禅师的履历、头衔列出不仅无妨，还希望他的书取个好的书名，希望有好的封面、好的纸张、好的印刷，最好是让人拿了就爱不释手，能抱着睡觉。

自然，如果没有头衔、没有书名，用最粗糙的纸张来印一本禅书，禅书的价值并不会被折损，只是我们想想，众生将会如何对待这本书呢？他们不要说拿起来看了，很可能随手就丢在垃圾桶里了。

形式与本质之间可能没有必然关系，但形式可以产生对本质的印象，特别是对那些无法判别本质的人，形式变成一个重要的手段，要不然这个世界就不会有那么多东西需要包装、广告、设计了，乃至于名牌了。例如素食馆里的“羊肉汤”，素食者叫了这道菜时，早就知道它是用香菇做的，那名称只是为了方便称呼，从没吃过这道菜的人吃的时候可能会问：“这是什么做的？怎么这样像羊肉？”事实上，他吃的也只是剁碎的香菇，本质并无二致。

从前，有一位和尚看起来像是开悟了，于是既不拜佛也不烧香，甚至常常把最尊贵的《大般若经》撕下来，在上厕所时当草纸来用，有人责问他时，他总是说：“我就是佛，经文是记载佛的说法，既然有佛在此，这些经文就是废纸，拿来当草纸，有何不可？”有位禅师勘破了他，就对他说：“听说你已经成佛，真是可喜可贺，但是，佛的屁股是何等尊贵，用这种废纸擦屁股，真是太不相称了，你最好还是用清洁的白纸吧！”和尚无言以对，大为忏悔。这就是形式与本质的问题，真实的本质不会因形式的表现而改变，再特异的形式一旦能勘破，形式就成为可笑的东西。如果我们有很好的本质，加上好的形式，不是更好吗？开悟的人如果能用白纸擦屁股，就比用经文擦屁股更值得崇敬，更合乎人情呀！

还有一个禅的故事是这样的：有一天，石室和尚跟随师父石头希迁去游山，石头说：“前面有树挡着，快帮我把它砍掉！”石室说：“拿刀子来！”石头拿出刀子，把刀刃递给石室。石室看师父递来了刀刃，不敢去接，说:“师父，不是这边，把刀柄那边给我！”石头说:“柄有什么用呢？”石室和尚当下大悟。

是呀，对一把刀子而言，柄有什么用？柄的用处，人人都知道，那是刀的着力之处，是用来控制一把刀的。可是柄并不是用来砍东西的，而是用以主宰刀子的，这是“无用之用，是为大用”。剪刀的握把、书的封面、音响的外壳、笔的套子、胶水的瓶子、灯的台座，你看，在我书桌前的东西，就有这么多和刀柄一样，甚至我把手抬起来看表，表带、表面也是这样的东西，但分针时针真的有用吗？时间并不会因为我手中的一只表而有所改变呀！

就像您是美国一流的生化博士，这一点您清楚得很，可是不认识您的人并不清楚，若您要从事一项研究工作，不仅需要您的履历、头衔、经历，甚至有时还要写自传呢！这就是“随俗”或者“随顺众生”。

再看看庙里的菩萨，每一个都塑得那么庄严端正，甚至身披璎珞、头戴宝冠，佛经不是说佛菩萨是无相吗？那也是随俗、随顺，加上方便善巧而已。

头衔如此，没有头衔也是如此！

我们都知道六祖慧能不识字的，但他“闻而慧”，一听到佛法就顿悟了！许多典籍都强调他不识字，这“不识字”也是他的头衔，是为了给那些不识字或知识教育较少的人有信心，让他们知道佛法的平等而来喜欢佛法。慧能的不识字，在我看来，是“不识字博士”，或“博士后研究”，也是我们加给他的头衔。那些识字而博通经论的祖师，不也一样伟大吗？

禅宗关于本质与形式、文字与第一义之间的思考都可以从这个角度来看。王安石有一首诗说：

> 侏儒戏场中，一贵复一贱。
> 心知本自同，所以无欣怨。

在戏台上演出的人，一下子扮乞丐，一下子扮皇帝，但演皇帝时他不欣喜，演乞丐也不怨恨，这是由于他知道自己不是皇帝，也不是乞丐。就像我走在路上，有人认识我，我不会为之欢喜，没有人认识我，我也不会伤心，因为，我就是我，或我只是我！

《金刚经》说：

> 若以色见我，以音声求我，是人行邪道，不能见如来。

“如来”不是色相音声所能求得的，那么我们若从一个人的头衔来探求其本质，也是不可得的。当我们拿到一本禅书时，何不把履历的那一页翻过去，读读看有无所得，这才是要紧的。我的书也是这样，您不会因为看到我的照片和履历才读我的书吧！您这个问题很有普遍性，所以我写了这么多，而且这封信要收到我的书里，算是您为众生而问，我为众生回答，相信您不会在意才对。

无情说法

朋友请我吃饭，餐桌上有一道菜是生炒苦瓜，一道是糖醋豆腐，一道是辣椒炒干丝。我看了桌上的菜不禁莞尔，说：“今天酸甜苦辣都齐了。”朋友仔细看看桌上的菜，不禁拍案大笑。

这使我想到，即使是植物，都各有各的特性：甘蔗是头尾皆甜，柠檬则里外是酸，苦瓜是连根都苦，辣椒则中边全辣，它们这种特性，经过长时间的藏放也不失去，即使将它碎为微尘粉末，其性不改。还有一些做药材的植物，不管制成汤、膏、丸、散，或经长久的熬煮，特质也不散灭。

我们生活中的心酸、甜蜜、苦痛、辛辣种种滋味、不亦如植物的特性吗？一旦我们品尝过了，似乎就永不失去。在我们的生命情境中，有很多时候，是酸甜苦辣同时放在一桌的，一个人不可能永远挑甜的吃，偶尔吃点儿苦的、辣的、酸的，有助于我们品味人生。

在酸甜苦辣的生命经验更深刻之处，有没有更真实的本质呢？

若说柠檬以酸为本性，辣椒以辣为本性，甘蔗以甜为本性，苦瓜以苦为本性，那么人的本性又是什么呢？

我们常说“这个人本性不良”，或“那个人本性善良”，可是，我们常看到素性不良的人改邪归正，又常见到公认本性良善的人却堕落了。这种本性似乎是“可转”“能改变”的，因此我们语言上所说的“本性”，事实上只是一种“熏习”，是习气的长期熏染而表现在外的，并不是最深刻的自我。

习气，是一种莫名其妙的偏执，正如嗜吃辣椒与柠檬的人，说不出是什么原因。但人生的一切烦恼正是由这种偏执而产生，偏执是可矫正的，矫正的方法就是中道，例如柠檬虽是至酸之物，若与甘蔗汁中和，就变成非常的可口。去除习气只有利用中和的方法，人最大的习气不外乎是贪、嗔、痴，贪应该以“戒”来中和，嗔应该以“定”来中和，痴应该以“慧”来中和。一个人时时能中和自己的习气，就能坦然地面对生活，不至于被习气所左右。

在我们的人生经验里，有时会遇见一些特别贪吝、嗔恚、愚痴的人，为什么他们会有这样特别的习气呢？

我国有一个有名的民间传说，相传汉朝有一位姓孟的女子，幼读儒书，长大学佛，得到乡里普遍的敬爱，年老以后被称为“孟婆”。她死后成为幽冥之神，建了一座“饫忘台”，在阴阳之界投胎必经之路。孟婆取甘、苦、酸、辛、咸五味做成一种似酒非酒的汤，称为“孟婆汤”，投胎的人喝了这种汤就完全忘记前世，然后走入今生甘苦酸辛咸的旅程。

传说每一个魂魄入胎之前，各种滋味都要尝一点儿才能投胎，这是为什么人人都要在一生遍尝五味的缘由。传说又说，有的人甜汤喝多了，日子就过得好些；有的人苦汁喝得多，这一生就惨兮兮。

“孟婆汤”的传说虽是无稽之谈，但非常有趣，至少启示我们：既然投生为人，就不可能全是甜头，生命里是有各种滋味的。我有时候想，“孟婆汤”是不是取了甘蔗、苦瓜、柠檬、辣椒、盐巴做成的呢？

值得欣慰的是，生活固有五味，但人只要挺起胸膛地生活着，甘苦酸辛咸总会过去，而这些折磨只是情感的激荡与波动，不会毁灭一个人真实的本质。对于能勇敢承担生命的人，甘苦酸辛咸只是生命的洗礼，在通过这种清洗时，只要保有觉悟与智慧的心，就会洗出我们更明净的自我。

吃着桌上几盘气味强烈的菜，使我想到甘蔗、柠檬、苦瓜、辣椒在做着一场“无情说法”，有时甚至让我迷惑，这些植物是不是人间的苦乐辛酸所感生的呢？

“无情说法”这四个字多么有味，它说明了我们所遭遇世间的一切因缘，时时处处都在说法，有情无情对我们都有智慧的启发，正如我们见到一朵花的凋谢与一位美女的老去，都得到启示一样。

“无情说法”在禅宗是十分有名的公案，有一次洞山良价去请教云岩昙成禅师，他问道：“无情说法，什么人得闻？”（无情事物说法的时候，什么人听得到？）

云岩说：“无情说法，无情得闻。”（无情事物说法，无情事物听得到。）

师曰：“和尚闻否？”（和尚听得到吗？）

云岩说：“我若闻，汝即不得闻吾说法也。”（我如果听得到，你就听不见我说法了。）

师曰：“若恁么即良价不闻和尚说法？”（为什么说我听不见你说法呢？）

云岩说：“吾说法，汝尚不闻，何况无情说法也。”（我说法，你都听不见了，何况是无情事物对你说法呢！）

洞山良价听了十分惭愧，就问“无情说法”出自哪一部经，云岩禅师告诉他出自《阿弥陀经》,经上说“水鸟树林皆悉念佛念法”，洞山随即开悟，写了一首偈：

也大奇，也大奇，无情说法不思议，
若将耳听声不现，眼处闻声方可知。

（真是奇妙的事呀！无情说法多么不可思议！如果要用耳朵去听就听不见声音，要用眼睛才听得见声音呀！）

这个公案告诉我们，无情事物不是用声音来说法，而是用沉默来说法，并不是说无情事物本身有法，而是身心清净、善于观察思维的人，就能见到无情中自有法的启示，对于无情界的说法，不是以耳朵去谛听，而是要“眼处闻声”！

关于“无情说法”，还有一个更早的公案，是牛头慧忠禅师解答弟子的请示：

僧问:“阿那个是佛心？”师曰:“墙壁瓦砾是。”问:“无情既有心性，还解说法否？”师曰:“他炽然常说，无有间歇。”问:“某甲为什么不闻？”师曰:“汝自不闻。”问:“谁人得闻？”师曰:“诸佛得闻。”问:“众生应无分邪？”师曰:“我为众生说,不为圣人说。”问:“某甲聋瞽,不闻无情说法,师应合闻？”师曰:“我亦不闻。”问:“师既不闻，争知无情解说？”师曰:“我若得闻，即齐诸佛，汝即不闻我所说法。”问:“众生毕竟若闻否？”师曰:“众生若闻，即非众生。”问:“无情说法,有无典据？”师曰:“不见‘华严’云:‘刹说、众生说、三世一切说’，众生是有情乎？”问:“师但说无情有佛性，有情复若为？”师曰:“无情尚尔，况有情耶！”

好一个“无情尚尔，况有情耶”！在禅师的眼中，山河大地是如来，有情无情是法身，无情事物都有佛性，何况是有情的众生呢？我们虽不能如禅师澈见无情的面貌，但如果我们的心足够细致，在一切事物中都能有所启发，有所觉悟，张开智慧之眼，仿佛也不是不可能的。

就像我们看到甘蔗、柠檬、苦瓜、辣椒等无情的植物，使我们知道了既然生而为人，走在酸、甜、苦、辣的不可规避之路，就应该在种种滋味中学习超越乃至清净的智慧，学习如何破除偏执开启更广大的自我。如果在辛酸时就被辛酸埋没，与一粒柠檬何异？如果在甜蜜时就被甜蜜沉溺，和一株甘蔗又有什么不同呢？

我们若不能在人生中学习超越，就会被眼耳鼻舌身意所驱使，永远在色声香味触法中流转，然后，就在生死大海中流浪沉浮不已，无法走上解脱的道路。

天下第一

从前有一位非常有天才的人，不管什么事情，他看一眼就会做了，他以为自己的聪明无人能比，到二十岁的时候，他就发下豪语："天下技术，要当尽知，一艺不通，则非明达也。"

这位想要通晓天下一切技术的青年，就开始游学天下，只要听到哪里有名师就去拜访学习，很短的时间即学会很多技术，从天文地理到医术符箓，从剪裁刺绣到烹饪歌舞，甚至赌博、伎乐、下棋等等，无不通晓。

年轻人这时豪情万丈，心里想："像我这样的大丈夫，有谁能比得上呢？我现在应该到各国游行，找人比赛，这样才能扬名四海、技术冲天，然后才能留名千古、垂勋百代。"

他开始到别国去游行，才到另一个国家，就看到市场里有卖弓箭的人，析筋治角，用手如飞。他看得呆住了，心想："如果我和他比做弓箭就输给他了。"于是拜制弓箭的人为师。由于他的聪明，很快就学会了制弓箭的技术，并且胜过了他的老师。

年轻人拜别老师到别国去，正要渡江的时候，看到一位船师，划船如飞，他看得很感慨：“幸好我没有和他比赛划船，我虽然会很多技术，划船还没有学过呀！”于是拜船师学习划船，也是很快就学会划船的技术，并且胜过他的老师。

他又到另一个国家，看到该国国王的宫殿天下无双，心想：“盖这宫殿的人，是多么巧妙呀！我游学以来还没有学过这个，如果和他比赛技术，一定输给他，我一定要学会，才能满足我天下第一的志愿。”于是跑去求盖宫殿的人收他做弟子，不久之后，他果然学会了一切盖房子的本事，甚至技术还超越了师父。

他辞别了老师，到处去找人比赛技术，他走遍十六个国家，没有人能胜过他，到最后，甚至听到他的名字，就没有人敢出来比试了，年轻人自负地感慨着：“天地之间，谁有胜我者？”心里不免怅然若有所失。

佛陀为了度化这位青年，化成一个沙门，拄杖持钵，走过他的面前。青年看见佛陀化成的沙门，觉得十分奇怪，因为他走过的国家没有佛法，也没见过这样打扮的人。就问沙门说：“我走遍天下，没有看过你这样装扮的人，没有看过有人穿你这样的衣服、拿你这样的工具，你是什么人？为什么和别人不同呢？”

“我是个调身的人哪！”沙门回答说。

于是，沙门告诉年轻人说，一个人能调和身心，胜过自己，才是最伟大的，也才可以真的光明洞达，照耀天地，他说了一首偈：

弓匠调角，水人调船，巧匠调木，智者调身。

譬如厚石，风不能移，智者意重，毁誉不倾。

譬如深渊，澄静清明，慧人闻道，心净欢然。

沙门教给年轻人许多调身的方法，例如持戒、修善、布施、忍辱、禅定、智慧、慈悲、喜舍等等，他说只有能调身的人才能走向真正的解脱之路："弓船、木匠、六艺奇术，斯皆绮饰华誉之事，荡身纵意生死之路也。"

年轻人听了大为佩服，就拜佛为师，最后证得了阿罗汉道。

这个出自《法句譬喻经》的故事，告诉我们如何调和身心、面对自己才是最重要的事，一个有智慧的人调身都没有时间了，哪儿有时间去和人比较争胜呢？

在《法句譬喻经》里，还有一个故事，说有一个名叫萨遮尼犍的人，聪明多智，被认为是国中第一，他非常高傲自大，常用铁片打成腰围围住肚子，有人问他为什么用铁片围肚子，他说："我的智慧太多，怕智慧从肚子满溢出来呀！"

他听说佛陀很有智慧，就跑去问佛陀几个问题，想要非难佛陀，我们来看其中的三个问题：

"何谓为道？"

"常慇好学，正心以行；唯怀宝慧，是谓为道。"（勤勉爱好学习，以正直的心修行；满怀宝贵的智慧，这就是道。）

“何谓为智？”

“所谓智者，不必辩言；无恐无惧，守善为智。”（有智慧的人，是不必辩才来说明；心胸坦荡没有恐惧，择善固守就是智。）

“何谓为有道？”

“所谓有道，非救一物；普济天下，无害无道。”（所谓有道的人，并不是救一物就是，而是能怨亲平等普救天下众生，甚至不去伤害无道的人。）

这是多么伟大澄明的见解，最应该记住的是“唯怀宝慧”“不必辩言”，我们心里满怀着宝贵的智慧，不必向别人辩解逞能，当然也不必与别人比较。胜过自己的人就是“大雄”，清净的身心即是“宝殿”，能这样，纵使再寂寞孤独的旅途，也能有极乐之心，那是因为知道了自己在走向法界之路，法界才是真实的、唯一的故乡。能调身的人，才是真正的天下第一。

时到时担当

在我的家乡有一句大家常用的俗语:“时到时担当,没米就煮番薯汤。”这是一句乐观的、顺其自然的话,大约相当于国语里的“船到桥头自然直”,或是“兵来将挡,水来土掩”。

由于在家乡的时候听惯大人讲这句话,深深印在脑海,在我离开家乡以后,每次遇到有阻碍或困厄时,这句话就悄悄爬出来,对了,时到时担当,没米就煮番薯汤,没什么大不了。这样想起来,心就安定下来,反而能自然地度过阻难与困厄。

幼年时代,我常听父亲说这句话,有一回就忍不住问父亲:“没米就煮番薯汤,如果连番薯也没有了,怎么办?”

父亲习惯地拍拍我的后脑勺,大笑起来:“憨囡仔!人讲天无绝人之路,年头不可能坏到连番薯都长不出来呀!”

确实也是如此,我们在农田长大的孩子虽然经验过许多的风灾、水灾、旱灾,甚至大规模的虫害,番薯大概是永远不受害的作物,只要种下去,没有不收成的。因此,在我们乡下的做田人,都会留出一小块地种番薯,平时摘叶子作青菜,收成时就把番薯堆在家里的眠床下，以备不时之需。在我成长的年月，我的床下一年四季都堆满番薯，每天妈妈生火做饭时抓两个丢进炉灶底的火灰里，饭熟了，热腾腾香喷喷的焖番薯也好了。

即使是中日战争最激烈、逃空袭的那几年，番薯也没有一年歉收。

在我从前的经验里，年头真如父亲所言，不可能坏到连番薯都长不出来，推衍出来，我们知道生活里有很多的挫败，只要能挺着，天就没有绝人之路。

后来我更知道了，像“时到时担当，没米就煮番薯汤”，心里的慰安比实际的生活来得重要。只要在困难里可以坦然地活下去，就没有走不通的路，因此如何使自己的心宽广乐观地应对生活，比汲汲营营地想过好日子来得重要，归根究底乃不是米或番薯的问题，而是心的态度罢了。

“时到时担当”不仅是台湾农民在生活中提炼的智慧，也非常吻合禅宗“当下即是”“直下承担”的精神，此时此刻可以担当，就不必忧心往后的问题，因为彼时彼刻，我们也是如此承担。假如现在不能承担，对将来的忧心也都会无用而落空了。

禅的精神与生活实践的精神非常接近，是一种落实无伪的生活观。我们乡下还有一句俗话：“要做牛，免惊无犁可拖。”译成普通话的意思是，一个人只要肯吃苦，绝不怕没有工作，不怕不能生活。这往往是长辈用来安慰鼓励找不到工作的青年，肯把自己先放在最能承担的位置，那么还有什么可怕的呢？

这句话也是令人动容的。牛马在乡下，永远是最艰苦承担的象征，不过，那最重的犁也只有牛马才能拖动。学佛者也是如此，只怕自己不能承担，何惧于无众生可度呢！这样想，就更能体会“欲为诸佛龙象，先做众生马牛”的深意了。

我们不能离开世间又想求得出离世间的智慧，因为“佛法在世间，不离世间觉，离世觅菩提，犹如求兔角”。我们要求最高的境界，只有从自己的生活、自己的周遭来承担来觉悟才有可能。

佛法中有“当位即妙”“当相即道”的说法。所谓“当位即妙”，是不论何事，其位皆妙，就像良医所观，毒有毒之妙，药有药之妙。所谓“当相即道”，是说世间浅近的事相，都有深妙的道理。——世间凡事都有密意，即事而真，就看我们有没有智慧了。

“时到时担当，没米就煮番薯汤。”也应该作如是观，真到没有米必须吃番薯汤的时候，是不是也能无怨，品出番薯也有番薯的芳香，那才是真正的承担。

咸也好，淡也好

一个青年为着情感离别的苦痛来向我倾诉，气息哀怨，令人动容。等他说完，我说："人生里有离别是好事呀！"他茫然地望着我。

我说："如果没有离别，人就不能真正珍惜相聚的时刻；如果没有离别，人间就再也没有重逢的喜悦。离别从这个观点看，是好的。"

我们总是认为相聚是幸福的，离别便不免哀伤。但这幸福是比较而来的，若没有哀伤作衬托，幸福的滋味也就不能体会了。

再从深一点儿的观点来思考，这世间有许多的"怨憎会"，在相聚时感到重大痛苦的人比比皆是，如果没有离别这件好事，他们不是要永受折磨，永远沉沦于恨海之中吗？

幸好，人生有离别。

因相聚而幸福的人，离别是好，使那些相思的泪都化成甜美的水晶。

因相聚而痛苦的人，离别最好，雾散云消看见了开阔的蓝天。

可以因缘离散，对处在苦难中的人，有时候正是生命的期待与盼望。

聚与散、幸福与悲哀、失望与希望，假如我们愿意品尝，样样都有滋味，样样都是生命中不可或缺的。

高僧弘一大师，晚年把生活与修行统合起来，过着随遇而安的生活。有一天，他的老友夏丏尊来拜访他，吃饭时，他只配一道咸菜。

夏丏尊不忍地问他："难道这咸菜不会太咸吗？"

"咸有咸的味道。"弘一大师回答道。

吃完饭后，弘一大师倒了一杯白开水喝，夏丏尊又问："没有茶叶吗？怎么喝这平淡的开水？"

弘一大师笑着说："开水虽淡，淡也有淡的味道。"

我觉得这个故事很能表达弘一大师的道风，夏丏尊因为和弘一大师是青年时代的好友，知道弘一大师在李叔同时代有过歌舞繁华的日子，故有此问。弘一大师则早就超越咸淡的分别，这超越并不是没有味觉，而是真能品味咸菜的好滋味与开水的真清凉。

生命里的幸福是甜的，甜有甜的滋味。

情爱中的离别是咸的，咸有咸的滋味。

生活的平常是淡的，淡也有淡的滋味。

我对年轻人说:“在人生里，我们只能随遇而安，来什么品味什么，有时候是没有能力选择的。就像我昨天在一个朋友家喝的茶真好，今天虽不能再喝那么好的茶，但只要有茶喝就很好了。如果连茶也没有，喝开水也是很好的事呀！”

蝴蝶之吻

一

看到一只蝴蝶在花上吃蜜。

它的动作那样轻巧温柔，它吃了蜜后就翩翩起飞，飞到另一朵花上，好像吃够了，就飞出墙外，飞过枝头，往远处逸去了。

那只蝴蝶吃花蜜，既没有执着，也没有陷入；既不迷恋，也不留连；那样美、自由、潇洒，使我为之震动。

再回来看那些花，香依然、色依然、花形也依然，丝毫也看不出被“采”的痕迹。花是这样美丽，蝴蝶采花也是一样的美丽呀！

我想起从前一个朋友告诉我的，那叫作“蝴蝶之吻”，蝴蝶之吻是轻轻的、温柔的，有如眼睫毛飘落在脸颊。

蝴蝶之吻是吻者与被吻者都不受到伤害，都能感受到互相亲近的美。

蝴蝶之吻是轻巧的，行于所当行，止于所当止，随时保持着自由与飞翔。蝴蝶之吻是细致的，但取其味，不损色香，被吻过的花依然是美，甚至更美。蝴蝶与花朵就是那样轻轻地吻着呀！仿佛前世斯文的约定。

二

我想到小时候最喜欢玩的游戏，就是“拈蜻蜓”和“拈蝴蝶”。

看到蜻蜓憩于枝丫或蝴蝶停驻花上，我们就蹑步走近，像一只猫那样轻巧，然后以拇指和食指拈住蜻蜓的尾巴或蝴蝶的翅膀。

蜻蜓是很容易拈到的，因为它一停下来就像是老僧入定。

蝴蝶可就很难很难拈到，蝴蝶总像云水的禅师，随时准备要起飞，保持着醒觉的状态。

美丽的蝴蝶一飞起，我们往往搓着拇指和食指惊呼，那惊呼中有惋惜，更多的是赞叹！

那种轻巧、敏捷、清醒，也是蝴蝶之吻呀！

常常会被拈到尾巴的是蜻蜓之吻，是因为太执迷了。

三

还有各种不同的吻。

会把别的众生吃掉的，叫作“癞蛤蟆之吻”或是“蜥蜴之吻”。

会把与自己最亲密的伴侣吃掉的叫作“蜘蛛女之吻”。

走起路来地动山摇，吃起东西胃口奇大，好像一张口可以吞下地球，最后自己绝种的叫作“恐龙之吻”！

四

“癞蛤蟆之吻”与“蜥蜴之吻”是丑陋的、粗鲁的、赤裸裸的，我们看有些公共政策大致是这种吻法，看到猎物就迎上前去，一阵吐舌席卷，乱吃一气。于是台北盆地一片地裂天崩、肝肠寸断，如果坐直升机在空中巡视一圈儿，会以为是世纪末刚刚受到什么怪兽凌虐的灾区。

“蜘蛛女之吻”则是血腥的、残暴的、没有羞耻的，台湾的文艺、电影、文化大致是这种吻法。如果我们写的书没有人要看，我们就大可宣称读者已死，或者说现代人没有文学心灵，然后在年终，我们再集合一些人选出十大“好书”、十大“有影响力的书”、十大“石破天惊的书”，吸引那些尚未死心的读者，来把他们一起杀死，因为他们如果依靠那些专家选的书，阅读的兴趣必死无疑。

为什么那些人要以吻死读者为己任，置读者的兴趣于度外呢？为什么他们不能了解，对作家来说，读者是最好的伴侣呢？

那些一直在叫嚷着文学没落、读者没有水准的作家，他们永远也不会找到他们的书滞销的秘密，就好像黑寡妇蜘蛛每年都在自问：“为什么上门的绅士愈来愈少呢？”

有一点大概是批评家自己很难看见的（或者根本就不敢看），那就是他们的书实在太难看，他们的才华实在太有限了，只好年年继续着“蜘蛛女之吻”。

电影就更悲哀了，一片腥风血雨，非色即杀，全以吓死、害死、杀死为己任，有一些电影片名我们甚至都说不出口，不想把那些片名写在这里，以免玷污了我的稿纸。

像这种电影的搞法，除了吓跑观众，害死做电影的人，还会有什么前途呢？

整个社会的品质是如此血腥残暴，整个表现形式是这样没有羞耻，当一个社会里，婚礼跳脱衣舞，丧礼也跳脱衣舞，祭神或开工都跳脱衣舞的时候，我们要怎样说他们的文化呢！

“恐龙之吻”指的乃是贪官污吏，贪污几乎无日无之，凡有工程必有贪污，凡有军购必有贪污，凡有利益必有贪污，“一个田螺煮九碗公汤”，端出来的虽然还是田螺汤，但其他的田螺不知道跑哪里去了！

难道这些贪官污吏都没有研究过恐龙绝种之谜吗？正是恐龙吃得太多，体积太庞大，最后反应迟钝而死（听说把恐龙的尾巴锯掉，要七十秒之后，痛的指令才会传到大脑呢）。

贪官污吏只有一种情况会绝种，就是继续吃，吃到民怨沸腾、天怒人怨、社会瓦解的时候。因此，我们何必多管制它的食物，让它们早点儿绝种吧！

五

我们的社会真的需要更多的蝴蝶之吻，轻巧温柔、细致斯文，既没有执着，也没有陷入；既不迷恋，也不留连；那样美、自由、潇洒。

我们也可以写一些美丽的、人人都喜欢读的文学，不一定是读不懂的、没人看的才是文学。

我们也可以拍一些像诗歌一样的爱情电视，不一定要哭喊、上吊或捶打。

我们也可以拍一些写实的、好看的电影，不一定要拍刀伸出来、舌头伸出来、什么都伸出来的电影。

我们也可以做更好的公共工程规划，使环境好看一些，不一定要每个城市都贴满胶布、膏药和绷带呀！

我们可以上行下效，大家都不要贪污，使公务员都能抬头挺胸、过有尊严的生活，不一定要“账面”那么好看，每个公务员都是从千万财产起算，然后亿、十亿、百亿，公务员有太多钱就像老妓厚抹脂粉一样，不是什么光彩的事呀！

六

看那只蝴蝶飞越枝头而去，我心里颇有羡慕之意。

想到我们的社会有癞蛤蟆文化、蜥蜴文化、蜘蛛女文化、恐龙文化，不知将使社会迈向何方？

有时候想到那更幽微的部分，心情就感到沉重，觉得我们应该创造一种蝴蝶的文化，轻巧、敏捷、清醒、云水自由，随时准备起飞。

带着蜜、带着花香、带着美丽，起飞！

花季与花祭

住在阳明山的朋友，在春天将过尽的时候，问我：“今年怎么没有上山去看花？花季已经结束了，仅剩一些残花呢！”言下之意有惋惜之情。

往年春天，我总会有一两次到阳明山去，或者去看花，或者去朋友家喝刚出炉的春茶，或者到白云山庄去饮沁人的兰花茶，或者到永明寺的庭院里冥想，或者到妙德兰若去俯视台北被浓烟灰云密蔽的万丈红尘。

当然，在花季里，主要是看花了。每当在春气景明时看到郁郁黄花、青青翠竹，洗过如蒸汽洗涤的温泉水，再回到红尘滚滚的城市，就会有一种深刻的感慨，仿佛花季是浊世与净土的界线，只要一不小心就要沦入江湖了。

看完阳明山的花，那样繁盛、那样无忌、那样丰美，正是在人世灰黑的图画中抹过一道七彩霓虹，让我们下山之时，觉得尘世的烦琐与苦厄也能安忍地度过了。

阳明山每年的花季，对许多人来说是一场朝圣之旅，不只向外歌颂大化之美，也是在向内寻找逐渐湮没的心灵圣殿，企图拨开迷雾，看自己内心那朵枯萎中的花朵。花季的赶集因此成形，是以外在之花勾起心灵之花，以阳春的喜悦来抚平生活的苦恼，以七彩的色泽来弥补灰白的人生。

每年花季，我带着这样的心情上山，深感人世里每年花季都是一种应该珍惜的奢侈，因而就宝爱着每一朵盛开或将开的花，走在山林之间，步子也就格外轻盈。呀！一年之中若是没有一些纯然看花的日子，生命就会失落自然送给我们的珍贵礼物。

可叹的是，二十年来赶花季的人，年年倍数增加，车子塞住了，在花季上山甚至成了艰难痛苦的事。好不容易颠簸上山，人比花多，人声比鸟声更喧闹，有时几乎怀疑是站在人潮汹涌的忠孝东路。恶声恶状的计程车司机，来回阻拦的小贩，围在公园里唱卡拉 OK 的青年，满地的铝罐与饮料瓶……都会使游春赏花的心情霎时黯淡。

更令人吃惊的是，有时赏花到一半，突然冒出一棵树枝尽被折去，只余树顶三两朵残花的枯树。我一直苦思那花枝的下落而不可得，有一次在饶河街夜市看人卖梅花才知道了，大枝五十元，小枝三十元，卖的人信誓旦旦地说是从阳明山上剪下来出售的。

心情的失去，也使我失去今年赏花的兴致。

住在山上的朋友则最怕花季。每年花季，上班与回家都成为人生的痛苦折磨，他说："下了山，怕回家；上了山，就不敢出来了。真是痛恨什么鬼花季呀！"因为花季，使住在花园的人不敢回家；

因为花季，使真正爱花的人不敢上山赏花；因为花季，纯美的花成为庸俗人的庸俗祭品。真是可哀！

我想到，今年也差不多是花季的时候，我到美浓的“黄蝶翠谷”去看黄蝶，盘桓终日，竟连最小的一只黄蝶也未曾看见，只看到路边卖烤小鸟与香肠的小贩，甚至也有卖野生动物与蝴蝶标本的。翠谷里，则是满谷的人在捉鱼、捞虾、烤肉……翠谷不再翠绿了，黄蝶已经渺茫了，只留下一个感叹的无限悲哀的名字“黄蝶翠谷”。

陪我同去的哥哥说，这翠谷即将建成水库，水库一建，更不可能有黄蝶了，附近美丽的双溪公园和高大的南洋杉都会被淹没，来这里的人多少是抱着一种朝圣的心情，好像寺庙将拆，大伙儿相约来烧最后的一炷晚香。

我的晚香就是我悲凉的心情。我用无奈的火苗点燃叫作惋惜、遗憾、心痛的三炷晚香，匆匆插在溪谷之中，预先悼念黄蝶的消失，就沉默地离开了。

花是前生的蝶，蝶是今生的花，它们相约在春天，一起寻访生命的记忆。蝶与花看起来是多么相似，一只蝶专注地吸食花蜜时，比花更艳静得像花；一朵花在晨风中摇动时，比蝶更翻飞得像蝶。因此，阳明山的花季和美浓溪谷的黄蝶，引起我的感伤也十分近似。

蝶的诞生、花的开放，其实是一种最好的示现，示现了人生的美丽的确短暂，在我们生命中一切的美丽真的只是一瞥。一眨眼间，黄蝶飘零，春花萎落，这是人生的无常，也是宇宙的无常。花季正是花祭，蝶生旋即蝶灭，只是赏花看蝶的人很少做这样的深思，因此很少人是庄子。

失去了蝶的溪谷还有生机吗？

落了花的山林是不是一样美丽呢？

在如流如云的人生，在如雾如电的生活，偶然的一瞥是不是惊动我们的心灵呢？

我们不能深思，不能观照，因而在寻花觅蝶的过程，心总是霸道的。我们既不怜香，也不能惜蝶，只是在人生中匆匆赶集，走着无明刚强的道路，蝶飞走的时候，再也没有人去溪谷，花凋零的时刻，再也无人上山了。

好不容易花季终于结束，梅雨季节正要来临，我决定找一个清晨到阳明山去。

“过两天我上山去看花祭。”我对朋友说。

“可是，花季已经结束了呀！”朋友说。

我说：“花祭，是祭奠的祭，不是季节的季。”

“喔！喔！”

心里常有花季的人，什么时候都是很好的。即使花都谢落，也有可观之处。心里常有彩蝶的人，任何时候都充满颜色，有飞翔之姿。“花都谢了,还有什么可看的呢？”朋友疑惑地说。“看无常啊！”无常，才是花开花谢、蝶生蝶灭最惊人的预示！无常，也才是人世、山林、浊世、净土中最真实的风景。

匠士与酱士

路过黄山脚下的休宁县，当地负责文化工作的朋友告诉我，当地有一种“士”，是别的地方所没有的创见。那不是学士、硕士、博士，而是“匠士”。

由于休宁县多是贫苦农村，受教育原本就不容易，受完教育要找到工作更难，为了这些农村青年的出路，创设了一个给初中毕业少年就读的德胜鲁班休宁木工学校，以老木匠当师父，培养专业的木匠。得到师父认可而毕业的学生，授予“匠士”学位，并戴上匠士帽拍照。能获得“匠士”学位的青年，就已经是独当一面的木匠了，不但谋生容易，也是很大的荣誉。

朋友告诉我，那个木工学校的校训之一竟然是：“我们不认为一个平庸的博士比勤劳敬业的木匠对社会更重要。”朋友说：“匠士受到敬重的原因，是在这个混乱的时代，‘匠士’学位比博士学位更难造假。”我想起不久前，用假学位在大学教了十几年书的假博士，以不存在的学校的博士学位诈欺多年的无毒专家以及台湾每隔一阵子就被踢爆的假学位事件，不禁莞尔。

王永庆先生被选入当代名人录时，坚持登录时的学历要写小学毕业，而不是别人主动颁给他的十几个荣誉博士学位，这应该就是一种“匠士”的精神吧！因为博士某种程度上就是“酱士”。

这个社会学位被僵化、制式之后，匠士的精神也随之消失，其实是社会的重大损失。当我们走进美术馆、博物馆，看见唐的三彩、宋的青瓷、明式家具、清代金佛及无数的玉器、瓷器、木雕、金铜，就会看见许多匠士的灵魂在其中显影。匠士精神凋零后，谁与争锋？

走进最现代的百货公司，又有谁想过路易·威登原来是一个做皮具的工匠，爱马仕的先人是做马具的匠人，威治伍德是瓷匠，乔治·杰生是银匠，施华洛世奇是玻璃工匠！最优秀的匠人是艺术家，最杰出的艺术家就是大匠，连最伟大的禅师都是禅门宗匠！

或者，回归这种匠士的文化，才能使文明回到一个素朴的基点，使每个人都能凭自己的才华坚持一生，以臻巅峰。他是用一生的努力发言，而不是凭着学历说话。我们不会想知道朱铭[①]、杨丽花[②]是什么学校毕业的，就像我们也不必知道贝多芬、梵·高是什么学历一样。

当我从休宁县仰望黄山的时候，看见了那种巍峨、那种苍劲，有着素朴的感动。黄山不必有多么好听的名字，黄山就是黄山，黄山只是黄山，黄山下的匠士正呼应了这感人的精神。

---

① 朱铭：中国台湾著名雕塑家。早期雕塑以乡土为主题，后期融合文化精神与太极招式，作品影响海内外。

② 杨丽花：中国台湾知名歌仔戏艺人、电影与电视演员。

○

伍

温一壶月光下酒

有情十二帖

前生

前生，我们也是在这样的溪水畔道别的吧？

要不然，我从山径一路走来，心原是十分平静的，可是我看见这条溪时，心为什么如水波一样涌动起来？周围清冽的空气，使我感到一种不知何处流来的可惊的寒冷。

以溪水为镜，我努力地想知道，这条溪与我有着什么样的因缘？或者是，我如何在溪的此岸，看着你渐远的身影？或者是，同在一岸，你往下游走去，而我却溯源而上？

我什么都照映不出来，因为溪水太激动了。

这已是春天了呀！草正绿着，花正盛开，阳光正暖，溪水为什么竟有清冷而空茫的感觉呢？

想是与久远的前生有着不可知的关系。

在春天的时候，临溪而立，特别能感觉到生命是一道溪流，不知从何流来，不知流向何处。

此刻的我，仿佛是，奔流的河溪中刚刚落下的，一片叶子。

流转

在十字路口的古董店临窗的角落，我坐在一张太师椅上，立刻就站起来，因为那张椅子上还留着别人坐过的温度。

从小我就不习惯坐别人坐过的热椅子，宁可站着等那椅子冷了，才落座。尤其古董店的椅子，据说这张椅子是清朝传下的，那美丽的雕花让我知道这不是平民的椅子，它的第一主人曾经是富有的人吧？

现在，那个富有的人，他的财富必然已经散尽了，他的身体一定也在时空中消亡了，留下这一组椅子，没有哭笑，在午后的阳光中静静的，几乎是睡着一般。

我在古董店转了一圈，好像与时空一起流转，唐朝的三彩马，明代的铜香炉，清朝的瓷器，民初的碗盘，有很多还完美如新。有一张八仙彩，新得还像某一个脸容贞静的妇女一针一针刺绣上去，针痕还在锦上，人却已经远去了，像空气，像轻轻的铜铃声。

在古董店，我们特别能感受时光的无情，以及生命的短暂；步出古董店时我觉得，即使在早春，也应珍惜正在流转的光阴。

山雨

看着你微笑着，无声，在茫茫的雨雾中从山下走来，你撑着的花伞，在每一格石阶一朵一朵开上来，三月道旁的杜鹃与你的伞一样有艳红的颜色。在春雨的绵绵里，我的忧伤，像雨里的乱草缠绵在一起，忧伤的雨就下在我的眼中。

眼看你就要到山顶，却在坡道转弯处隐去了，隐去如山中的风景，静默。雨，也无声。

山顶的凉亭里，有人在下棋。因为棋力相当，两个人静静地对坐着，偶尔传来一声“将军”，也在林间转了又转，才会消失。

我看着满天的雨，感觉这阵雨永远也不会停。你果然没有到山顶上，转过坡道又下山了，我看着你的背影往山下走去，转一道弯就消失了，消失成雨中的山，空茫的山。

山雨不停，我心中忧伤的雨也一如山雨。这阵雨永远也不会停了！看着满天的雨，我这样想着。突然听到凉亭里传来一声高扬的：将军！

四月

我最喜欢四月的阳光，四月的阳光不愠不火，透明温润有琉璃的质感。

四月的阳光，使每一朵花都是水晶雕成，在风里唱着希望之歌，歌声五色仿佛彩虹。

四月的阳光，使每一株草都是翡翠繁生，在土地写着明日之诗，诗章湛蓝一如海洋。

在四月的阳光中，我们把冬寒的灰衣褪去，肤触着遥远天际传来的温热，使我想起童年时代，赤身奔跑过四月的田野，阳光就像母亲温暖的怀抱，然后我们跳入还留着去年冬寒的溪里游水。最后，我们带着全身琉璃的水珠躺在大石上，水一丝丝化入空中，我们就在溪边睡着了。

在四月的阳光中，草原、树林、溪流、石头都是净土，至少对无忧的孩子是这样的。所以，不论什么宗教，都说我们应胸怀一如赤子，才能进入清净之地。

四月还是四月，温暖的阳光犹在，可叹的是我们都不再是赤子了。

石狮

我们走过生命的原野时，要像狮子一样，步步雄健，一步留下一个脚印。

我们渡过生命河流之际，要像六牙香象，中流砥柱，截河而流，主宰自己生命的河流与方向。

我们行经生命的丛林小径，要像灰鹿之王，威严而柔和，雄壮而悲悯，使跟随我们的鹿群都能平安温饱。

这些都是佛经的譬喻，是要我们期许自己像狮子一样威猛，像香象一样壮大，像鹿王一样温和庄严。当我们想起这几种动物，真有如自己站在高山顶上，俯视着莽莽的林木与茫茫的草原，也有那样的气派。

狮子是文殊师利菩萨的坐骑，白象是普贤菩萨的坐骑，都极有威势的护法，尤其狮子更是普遍，连民间一般寺庙都是由狮子来护法的。

今天路过一座寺庙，看到门前的石狮子有不同的表情，几乎是微笑着的，然后我想起每座寺庙前的狮子，虽是石头雕成，每只的表情都有细微的不同。

即使是石狮子，也是有心，特别是在温馨的五月清晨的微风之中。

欢喜

黄山谷有一天去拜访晦堂禅师，问禅师：“禅宗的奥义究竟是什么？”

晦堂禅师说：“《论语》上说‘二三子，以我为隐乎？吾无隐乎尔。’禅对你们也没有什么隐藏，这意思你懂吗？”

黄山谷说：“我不懂。”

然后，两人都沉默了，一起在山路上散步，当时，木樨花正开放，香味满山。

晦堂问：“你闻到香味了吗？”

“是，我闻到了！”黄山谷说。

“我像这木樨花香一样，没有隐瞒你呀！”禅师说。

黄山谷听了，像突然打开心眼一样开悟了。

是的，这世界从来没有隐瞒过我们，我们的耳朵听见河流的声音，我们的眼睛看到一朵花开放，我们的鼻子闻到花香，我们的舌头可以品茶，我们的皮肤可以感受阳光……在每一寸的时光中都有欢喜，在每个地方都有禅悦。

我曾在一个开满凤凰花的城市住了三年，今天看到一棵凤凰花开，好像唱着歌一样，使我的眼耳鼻舌身意都洋溢着少年时代的欢喜。

院子

农村里的秋天来得晚，但真正秋天来的时候是很写意的。

首先感觉到的是终于有黄昏的晚霞了。当河边的微风吹过，我们背着沉重的书包回家，站在家前院子往远山看去，太阳正好把半天染红；那云红得就像枫叶，仿佛一片一片就要落下来了。于是，我常常站在院子里就呆住了，一直到天边泼墨才惊醒过来。

然后，悬丝飘浮的、带着清冷的秋灯的、只照射自己的路的萤火虫，不知道是从河的对岸或树林深处来了，数目多得超乎想象，千盏万盏掠过院子，穿过弄堂，在草丛尖浮荡。有人说萤火虫是点灯来找它前世的情缘，所以灯盏才会那么的凄清闪烁，动人肝肺。

最后，是大人们扇着扇子，坐在竹椅上清喉咙："古早、古早、古早……"说着他们的父亲、祖父一直传说不断忠孝节义的故事，听着这些故事，使我觉得秋天真是温柔，温柔中流着情义的血。我们听故事的那个院子，听说还是曾祖父用石块亲手铺成的。

秋天枫红的云，凄凉的萤火，用传说铺成的院子在闪烁，可惜现在不是秋天，也找不到那个院子了。

有情

“花，到底是怎么样开起的呢？”有一天，孩子突然问我。

我被这突来的问题问住了，我说：“是春天的关系吧。”

对我的答案，孩子并不满意，他说：“可是，有的花是在夏天开，有的是在冬天开呀！”

我说：“那么，你觉得花是怎样开起的呢？”

“花自己要开，就开了嘛！”孩子天真地笑着，“因为它的花苞太大，撑破了呀！”

说完孩子就跑走了，是呀！对于一朵花和对于宇宙一样，我们都充满了问号，因为我们不知它的力量与秩序是明确来自何处。

花的开放，是它自己的力量在因缘里的自然展现，它蓄积自己的力量，使自己饱满，然后爆破，有如阳光在清晨穿破了乌云。

花开是一种有情，是一种内在生命的完成，这是多么亲切呀！使我想起，我们也应该蓄积、饱满、开放、永远追求自我的完成。

炉香

有一天，一位老太太问赵州从谂禅师："怎样去极乐世界呢？"

赵州说："大家都去极乐世界吧！我只愿永远留在苦海。"

我读到这里，心弦震动，久久不能自已，一个已经开悟的禅师，他不追求极乐，而希望自己留在与众生相同的地方，在苦海中生活，这是真实的伟大的慈悲。就好像在莲花池边，大家都赶来看莲花，经过时脚步杂乱，纸屑满地，而他只愿留下来打扫莲花池。

抬起头来，我看见案前的檀香炉，香烟袅袅，飘去不可知的远方，香气在室内盘绕不息。这烟气是不是也飘往极乐世界呢？可是如果没有香炉的承受，接受火炼，檀香的烟气也不可能飞到远方。

赵州正是要做那一个大香炉，用自己的燃烧之苦来点拨众生虔诚的极乐之向往。

我也愿做烧香的铜炉，而不要只做一缕香。

天空

我和一位朋友去参观一处数有年代的古迹，我们走进一座亭子，坐下来休息，才发现亭子屋顶上许多繁复、细致、色彩艳丽的雕刻，是人称"藻井"的那种东西。

朋友说:“古人为什么要把屋顶刻成这么复杂的样子?”

我说:“是为了美感吧!”

朋友说不是这样的,因为人哪有那么多的时间整天抬头看屋顶呢!

“那么,是为了什么?”我感到疑惑。

“有钱人看见的天空是这个样子的呀!缤纷七彩、金银斑斓,与他们的珠宝箱一样。”这是我第一次听见的说法,眼中禁不住流出了问号,朋友补充说:“至少,他们希望家里的天空是这样子,人的脑子塞满钱财就会觉得天空不应该只是蓝色,只有一种蓝色的天空,多无聊呀!”

朋友似笑非笑地看着藻井,又看着亭外的天空。

我也笑了。

当我们走出有藻井的凉亭时,感觉单纯的蓝天,是多么美!多么有气派!

“水因有月方知静,天为无云始觉高。”我突然想起这两句诗。

如水

曾经协助丰臣秀吉统一全日本的大将军黑田孝高，他善于用水作战，曾用水攻陷了久攻不下的高松城，因此在日本历史上有“如水”的别号，他曾写过“水五则”：

一、自己活动，并能推动别人的，是水。

二、经常探求自己的方向的，是水。

三、遇到障碍物时，能发挥百倍力量的，是水。

四、以自己的清洁洗净他人的污浊，有容清纳浊的宽大度量的，是水。

五、汪洋大海，能蒸发为云，变成雨、雪，或化而为雾，又或凝结成一面如晶莹明镜的冰，不论其变化如何，仍不失其本性的，也是水。

这“水五则”，也就是“水的五德”，是值得参究的，我们每天要用很多水，有没有想过水是什么？要怎样来做水的学习呢？

要学习水，我们要做能推动别人的、常探求自己方向的、以百倍力量通过障碍的、有容清纳浊度量的、永不失本性的人。

要学习水，先要如水一般无碍才行。

茶味

我时常一个人坐着喝茶，同一泡茶，在第一泡时苦涩，第二泡甘香，第三泡浓沉，第四泡清冽，第五泡清淡，再好的茶，过了第五泡就失去味道了。

这泡茶的过程令我想起人生，青涩的年少，香醇的青春，沉重的中年，回香的壮年，以及愈走愈淡、逐渐失去人生之味的老年。

我也时常与人对饮，最好的对饮是什么话都不说，只是轻轻地品茶；次好的是三言两语，再次好的是五言八句，说着生活的近事；末好的是九嘴十舌，言不及义；最坏的是乱说一通，道别人是非。

与人对饮时常令我想起，生命的境界确是超越言句的，在有情的心灵中不需要说话，也可以互相印证。喝茶中有水深波静、流水喧喧、花红柳绿、众鸟喧哗、车水马龙种种境界。

我最喜欢的喝茶，是在寒风冷肃的冬季，夜深到众音沉默之际，独自在清静中品茗，一饮而尽，两手握着已空的杯子，还感觉到茶在杯中的热度，热，迅速地传到心底。

犹如人生苍凉历尽之后，中夜观心，看见，并且感觉，少年时沸腾的热血，仍在心口。

早晨公园的标准舞

散步走过一个小公园，听见一阵低俗的电子琴音乐，声音出奇的大，勾起了我的好奇心，于是循声而往。

穿过花木扶疏的公园草地，就看见一群中年男女，在凉亭前的空地上翩翩起舞，不，不是翩翩，是怪异地起舞。

因为在那里的男士个个油头粉面，身着黑色的礼服，与他们的身材和容貌非常不相称。女士们则无不浓妆艳抹，穿着紧身开着高衩的舞衣，在那里动作夸张地扭动着。看着这些四五十岁的男女卖力地跳着叫作“标准舞”的东西，配上可怕的电子琴声，使我自然地想起从前在工地、在婚礼、在节庆看见过的那些脱衣舞的清凉秀。

虽然标准舞与脱衣舞是很不同的，但是他们跳的俗恶的形式，给我的感觉是同一品级的东西。当然，标准舞也有高雅的，可是我们在台湾省看见的，则多是缺乏美感的形式，听说这种舞在台湾省非常流行，不免使我有点儿忧心起来。

公园里的标准舞也不是独存的事物，就像公园里也有人大声地唱卡拉 OK，是我们在文化变迁时的一种现象。

我们在接受像“标准舞”这种西方文化时，差不多是生吞活剥的，我们把西方人跳舞的样子接收过来，却不知道标准舞是在什么场合跳（而在台湾省一般人的生活根本没有跳标准舞的背景）；我们穿上西方人在宴礼上穿的礼服，改得更暴露、更低俗，却忘记中国人的身材比例，不知道自己穿了那种服装像企鹅一样；我们跳西方标准的舞步，却不懂得欣赏管弦和键盘音乐，而使用电子琴的流行歌；我们甚至连在公园中不要干扰别人的宁静也不知道呀！

仔细地思考起来，会发现我们的生活品质之所以没有文化层次，其实不在于形式的问题，我们的生活形式表面上不是很有文化吗？我们在公园里唱歌、跳舞，甚至还穿着礼服哩！可是隐在歌舞、礼服之后的是沐猴而冠的样子，是生活的浅薄、低俗与无知呀！

我们看看满街的理发馆、KTV、啤酒屋；我们想想满街的摊贩、霓虹灯、红砖道上横七竖八的摩托车；我们听听四周的功利的声音、肤浅的声音。只要我们有敏感细腻的五官，每天都可以感受到生活的粗糙、苦闷、欠缺品质。

使我忧心的是，在我们的社会里，大家正自甘于这种文化的无知堕落，像标准舞这种可怕的东西正在蔓延，如果我们要学标准舞、提倡标准舞，为什么不把那些优美的东西学习过来？不学习一些有美感的事物，像音舞、品味、服装的美感，却弄得像一座妖兽的公园呢？

我穿越公园，到时常去吃早餐的豆浆店，叫了一碗豆浆、一套烧饼油条。像这么简单的食物都是成套的，假如我叫了一碗豆浆，却配上汉堡或薯条，就不对味了。文化上也是如此的，不能轻忽生活而独自存在，不能离开品味与美感而谈论文化。

豆浆店什么都好，但是墙壁上贴满了裸女月历，还有一些更不堪入目的三级片、歌厅秀的广告，每次吃豆浆都觉得心情微恙，时日久了，练就一身无动于衷的功夫。几次向老板反映，他说："很好呀！他们每星期都会来换新的，像换壁纸一样！"

文化不只是存在早晨公园的标准舞，也存在一家小小豆浆店的墙壁上，文化的恶质是无所不在的，反过来说，文化的推展也是无所不在的，在生活里，我们是不是肯用心一些，过得更有品质、有品味，才是衡量一个社会的文明指标呀！

家家有明月清风

到台北近郊登山，在陡峭的石阶中途，看见一个不锈钢桶放在石头上,外面用红漆写了两个字“奉水”,桶耳上挂了两个塑胶茶杯，一红一绿。在炎热的天气里喝了清凉的水，让人在清凉里感觉到人的温情，这桶水是由某一个居住在这城市里陌生的人所提供的，他是每天清晨太阳未升起时就抬这么重的一桶水来，那细致的用心是颇能体会到的。

在烟尘滚滚的尘世，人人把时间看得非常重要，医为时间就是金钱，几乎到了没有人愿意为别人牺牲一点点时间的地步，即使是要好的朋友,如果没有重要的事情,也很难约集。但是当我在喝“奉水”的时候，想到有人在这上面花了时间与心思，牺牲自己的力气，就觉得在忙碌转动的世界，仍然有从容活着的人，他为自己的想法去实践某些奉献的真理，这就是“滔滔人世里，不受人惑的人”。

这使我想起童年住在乡村时，在行人路过的路口或者偏僻的荒村，时常可以看到一把大茶壶，上面写着“奉茶”，有时还特别钉一个木架子把茶壶供奉起来。我每次路过“奉茶”，不管是不是口渴，总会灌一大杯凉茶，再继续前行，到现在我都记得喝茶的竹筒子，里面似乎还有竹林的清香。

我稍稍懂事的时候，看到了奉茶，总会不自禁地想起乡下土地公庙的样子，感觉应该把放置“奉茶”者的心供奉起来，让人瞻仰。他们就是自己土地上的土地公，对土地与人民有一种无言无私之爱，这是“凡劳苦担重担的人，都到我这里来，我必使他得清凉”的胸怀。我想，有时候人活在这个人世，没有留下任何名姓也不是什么要紧的事，只要对生命与土地有过真正的关怀与付出，就算尽了人的责任。

很久没有看见“奉茶”了，因此在台北郊区看到“奉水”时竟低回良久，到底，不管是茶是水，在乡在城，其中都有人情的温热。山道边一杯微不足道的凉水，使我在爬山的道途中有了很好的心情，并且感觉不是那么寂寞了。

到了山顶，没想到平台上也有一只完全相同的钢桶，这时写的不是“奉水”，而是“奉茶”，两个塑胶茶杯，一黄一蓝，我倒了一杯来喝，发现茶是滚热的。于是我站在山顶俯视烟尘飞扬的大地，感觉那准备这两桶茶水的人简直是一位禅师了。在完全相同的桶里，一冷一热，一茶一水，连杯子都配得恰恰刚好，这里面到底是隐藏着怎么样的一颗心呢？

我一直认为不管时代如何改变，在时代里总会有一些卓然的人，就好像山林无论如何变化，在山林中总会有一些清越的鸟声一样。同样的，人人都会在时间里变化，最常见的变化是从充满诗情画意逍遥的心灵变成平凡庸俗而无可奈何，从对人情时序的敏感变成对一切事物无感。我们在股票号子（这号子取名真好，有点儿像古代的厕所）里看见许多瞪着广告牌的眼睛，那曾经是看云、看山、看水的眼睛；我们看签六合彩的双手，那曾经是写过情书与诗歌的手；我们看为钱财烦恼奔波的那双脚，那曾经是在海边与原野散过步的脚。我们的眼耳鼻舌身意看起来仍然是与二十年前元异，可是在本质上，有时中夜照镜，已经完全看不出它们的连结，那理想主义的、追求完美的、每一个毛孔都充满光彩的我，究竟何在呢？

清朝诗人张灿有一首短诗："书画琴棋诗酒花，当年件件不离它。而今七事都更变，柴米油盐酱醋茶。"很能表达一般人在时空中流转的变化，从"书画琴棋诗酒花"到"柴米油盐酱醋茶"，人的心灵必然是经过了一番极大的动荡与革命，只是凡人常不自觉自省，任庸俗转动罢了。其实，有伟大怀抱的人物也未能免俗，梁启超有一首《水调歌头》我特别喜欢，其后半阕是："千金剑，万言策，两蹉跎。醉中呵壁自语，醒后一滂沱。不恨年华去也，只恐少年心事，强半为销磨。愿替众生病，稽首礼维摩。"我自己的心境很接近梁任公的这首词，人生的际遇不怕年华老去，怕的是少年心事的"销磨"，到最后只有"醒后一滂沱"了。

在人生道路上，大部分有为的青年，都想为社会、为世界、为人类"奉茶"，只可惜到后来大半的人都回到自己家里喝老人茶了。还有一些人，连喝老人茶自遣都没有兴致了，到中年还能有奉茶的心，是非常难得的。

有人问我，这个社会最缺的是什么东西？

我认为最缺的是两种，一是"从容"，一是"有情"。这两种质量是大国民的质量，但由于我们缺少"从容"，因此很难见到步履雍容、识见高远的人；因为缺少“有情”，则很难看见乾坤朗朗、情趣盎然的人。

社会学家把社会分为青年社会、中年社会、老年社会，青年社会有的是“热情”,老年社会有的是“从容”。我们正好是中年社会，有的是“务实”，务实不是不好，但若没有从容的生活态度与有情的怀抱，务实到最后正好是柴米油盐酱醋茶，牺牲了书画琴棋诗酒花。一个彻底务实的人其实是麻木的俗人，一个只知道名利实务的社会，则是僵化的庸俗社会。

在《大珠禅师语录》里记载了禅师与一位讲《华严经》座主的对话，可以让我们看见有情与从容的心是多么重要。

座主问大珠慧海禅师:“禅师信无情是佛否？”

大珠回答说:“不信。若无情是佛者，活人应不如死人；死驴死狗，亦应胜于活人。经云:佛身者，即法身也，从戒定慧生，从三明六通生，从一切善法生。若说无情是佛者，大德如今便死，应作佛去。”

这说明禅的心是有情，而不是无知无感的，用到我们实际的人生也是如此，一个有情的人虽不能如无情者用那么多的时间来经营实利（因为情感是要付出时间的），可是一个人如果随着冷漠的环境而使自己的心也沉滞，则绝对不是人生之福。

人生的幸福在很多时候是得自于看起来无甚意义的事，例如某些对情爱与知友的缅怀，例如有人突然给了我们一杯清茶，例如在小路上突然听见了冰果店里传来一段喜欢的乐曲，例如在书上读到了一首动人的诗歌，例如听见穷乡僻壤的老妇说了一段充满启示的话语，例如偶然看见一朵酢浆花的开放……总的说来，人生的幸福来自于自我心扉的突然洞开，有如在阴云中突然阳光显露、彩虹当空，这些看来平淡无奇的东西，是在一株草中看见了琼楼玉宇，是由于心中有一座有情的宝殿。

“心扉的突然洞开”，是来自于从容，来自于有情。

生命的整个过程是连续而没有断灭的，因而年纪的增长等于是生活数据的累积。到了中年的人，往往生活就纠结成一团乱麻了，许多人畏惧这样的乱麻，就拿黄金酒色来压制，企图用物质的追求来麻醉精神的僵滞，以至于心灵的安宁和融都展现成为物质的累积。

其实，可以不必如此，如果能有较从容的心情，较有情的胸襟，则能把乱麻的线路抽出、理清，看清我们是如何地失落了青年时代对理想的追求，看清我们是在什么动机里开始物质权位的奔逐，然后想一想：什么是我要的幸福呢？我最初所想望的幸福是什么？我波动的心为何不再震荡了呢？我是怎么样落入现在这个古井的呢？

我时常想起台湾光复初期的年代，那时的社会普遍贫穷，可是大部分人都有丰富的人情，人与人之间充满了关怀，人情义理也不曾被贫苦生活所昧却，乡间小路的“奉茶”正是人情义理最好的象征。记得我的父亲常挂在嘴上的一句话是：“人活着，要像个人。”当时我不懂这句话的涵义，现在才算比较了解其中的玄机。人即使生活条件只能像动物那样，也不应该活得如动物失去人的有情、从容、温柔与尊严。在中国历代的忧患悲苦之中，中国人之所以没有失去特质，实在是来自这个简单的意念：“人活着，要像个人！”

人的贫穷不是来自生活的困顿，而是来自在贫穷生活中失去人的尊严；人的富有也不是来自财富的累积，而是来自在富裕生活里不失去人的有情。人的富有实则是人心灵中某些高贵特质的展现。

家家都有清风明月，失去了清风明月才是最可悲的！

喝过了热乎乎的“奉茶”，我信步走入林间，看到在落叶层缝中有许多美丽的褐色叶片，拾起来一看，原来是褐蝶的双翼因死亡而落失在叶中。看到蝴蝶的翼片与落叶交杂，感觉到蝴蝶结束了一季的生命其实与树叶无异，尘归尘、土归土，有一天都要在世界里随风逝去。

人的身体与蝴蝶的双翼又有什么两样呢？如果在活着的时候不能自由飞翔，展现这片赤诚的身心，让我们成为宇宙众生迈向幸福的阶梯，反而成为庸俗人类物质化的踏板，则人生就失去其意义，空到人间一回了！

下山的时候，我想，让我恒久保有对人间有情的胸怀，以及一直保持对生活从容的步履；让我永远做一个为众生奉茶供水，在热恼中得到清凉的人。

温一壶月光下酒

逃情

幼年时在老家西厢房，姐姐为我讲东坡词。有一回讲到《定风波》中“一蓑烟雨任平生”这个句子时，让我吃了一惊，仿佛见到一个竹杖芒鞋的老人在江湖道上踽踽独行，身前身后都是烟雨弥漫，一条长路连到远天去。

“他为什么？”我问。

“他什么都不要了。”姐姐说，“所以到后来有‘回首向来萧瑟处，归去，也无风雨也无晴’之句。”

“这样未免太寂寞了，他应该带一壶酒、一份爱、一腔热血。”

“在烟中腾云过了，在雨里行走过了，什么都过了，还能如何？所谓‘来往烟波非定居，生涯蓑笠外无余’，生命的事一经过了，再热烈也是平常。”

年纪稍长，才知道“竹杖芒鞋轻胜马，谁怕？一蓑烟雨任平生”

的境界并不容易达致，因为生命中真是有不少不可逃不可抛的东西，名利倒还在其次，至少像一壶酒、一份爱、一腔热血都是不易逃的，尤其是情爱。

记得日本小说家武者小路实笃曾写过一个故事：传说有一个久米仙人，在尘世里颇为情苦，为了逃情，入山苦修成道，一天腾云游经某地，看见一个浣纱女足胫甚白，久米仙人为之目眩神驰，凡念顿生，飘忽之间，已经自云头跌下。可见逃情并不是苦修就可以得到。

我觉得“逃情”必须是一时兴到，妙手偶得，如写诗一样，也和酒趣一样，狂吟浪醉之际，诗涌如浆，此时大可以用烈酒热冷梦，一时彻悟。倘若苦苦修炼，可能达到“好梦才成又断，春寒似有还无”的境界，离逃情尚远，因此一见到“乱头粗服，不掩国色”的浣纱女就坠落云头了。

前年冬天，我遭到情感的大创剧痛，曾避居花莲逃情，繁星冷月之际与和尚们谈起尘世的情爱之苦，谈到凄凉处连和尚都泪不能禁。如果有人问我：“世间情是何物？”我会答曰：“不可逃之物。”连冰冷的石头相碰都会撞出火花来，每个石头中事实上都有火种，可见再冰冷的事物也有感性的质地，情何以逃呢？

情仿佛是一个大盆，再善游的鱼也不能游出盆中，人纵使能相忘于江湖，情却是比江湖更大的。

我想，逃情最有效的方法可能是更勇敢地去爱，因为情可以病，也可以治病。假如看遍了天下足胫，浣纱女再国色天香也无可奈何了。情者是堂堂巍巍，壁立千仞，从低处看是仰不见顶，自高处观是俯不见底，令人不寒而栗，但是如果在千仞上多走几遭，就没有那么可怖了。

理学家程明道曾与弟弟程伊川共同赴友人宴席，席间友人召妓共饮，伊川正襟危坐，目不斜视，明道则毫不在乎，照吃照饮。宴后，伊川责明道不恭谨，明道先生答曰："目中有妓，心中无妓！"这是何等洒脱的胸襟，正是"云月相同，溪山各异"，是凡人所不能致的境界。

说到逃情，不只是逃人世的情爱，有时候心中有挂也是情牵。有一回，暖香吹月时节与友在碧潭共醉，醉后扶上木兰舟，欲纵舟大饮，朋友说："也要楚天阔，也要大江流，也要望不见前后，才能对月再下酒。"死拒不饮，这就是心中有挂，即使挂的是楚天大江，终不能无虑，不能万情皆忘。

以前读《词苑丛谈》，其中有一段故事：

后周末，汴京有一石氏开茶坊，有一个乞丐来索饮，石氏的幼女敬而与之，如是者达一个月。有一天被父亲发现打了她一顿，她非但不退缩，反而供奉益谨。

乞丐对女孩说："你愿喝我的残茶吗？"女嫌之，乞丐把茶倒一部分在地上，满室生异香，女孩于是喝掉剩下的残茶，一喝便觉神清体健。

乞丐对女孩说："我就是吕仙，你虽然没有缘分喝尽我的残茶，但我还是让你求一个愿望。"女只求长寿，吕仙留下几句话："子午当餐日月精，玄关门户启还扃，长似此，过平生，且把阴阳仔细烹。"遂飘然而去。

这个故事让我体察到万情皆忘，"且把阴阳仔细烹"实在是神仙的境界，石姓少女已是人间罕有，还是忘不了长寿，忘不了嫌恶，最后仍然落空，可见情不但不可逃，也不可求。

年岁越长，越觉得苏东坡"一蓑烟雨任平生""也无风雨也无晴"词意之不可得，想东坡也有"春色三分，二分尘土，一分流水。细看来，不是杨花，点点是离人泪"的情思；有"但愿人长久，千里共婵娟"的情愿；有"念故人老大，风流未减，空回首，烟波里"的情怨；也有"若待得君来向此，花前对酒不忍触。共粉泪，两簌簌"的情冷，可见"一蓑烟雨任平生"只是他的向往。

情何以可逃呢？

煮雪

传说在北极的人因为天寒地冻，一开口说话就结成冰雪，对方听不见，只好回家慢慢地烤来听……

这是个极度浪漫的传说，想是多情的南方人编出来的。

可是，我们假设说话结冰是真有其事，也是颇有困难，试想：回家烤雪煮雪的时候要用什么火呢？因为人的言谈是有情绪的，煮得太慢或太快都不足以表达说话的情绪。

如果我生在北极，可能要为煮的问题烦恼半天，与性急的人交谈，回家要用大火煮烤；与性温的人交谈，回家要用文火。倘若与人吵架呢？回家一定要生个烈火，才能声闻当时“哔哔剥剥”的火爆声。

遇到谈情说爱的时候，回家就要仔细酿造当时的气氛，先用情诗情词裁冰，把它切成细细的碎片，加上一点儿酒来煮，那么，煮出来的话便能使人微醉。倘若情浓，则不可以用炉火，要用烛火再加一杯咖啡，才不会醉得太厉害，还能维持一丝清醒。

遇到不喜欢的人不喜欢的话就好办了，把结成的冰随意弃置就可以了。爱听的话则可以煮一半，留一半他日细细品尝，住在北极的人真是太幸福了。

但是幸福也不常驻，有时候天气太冷，火生不起来，是让人着急的，只好拿着冰雪用手慢慢让它融化，边融边听。遇到性急的人恐怕要把雪往墙上摔，摔得力小时听不见，摔得用力则声震屋瓦，造成噪音。

我向往北极说话的浪漫世界，那是个宁静祥和又能自己制造生活的世界，在我们这个到处都是噪音的时代里，有时候我会希望大家说出来的话都结成冰雪，回家如何处理是自家的事，谁也管不着。

尤其是人多要开些无聊的会议时，可以把那块嘈杂的大雪球扔在家前的阴沟里，让它永远见不到天日。

斯时斯地，煮雪恐怕要变成一种学问，生命经验丰富的人可以依据雪的大小、成色，专门帮人煮雪为生。因为要煮得恰到好处和说话时恰如其分一样,确实不易。年轻的恋人则可以去借别人的“情雪”，借别人的雪来浇自己心中的块垒。

如果失恋，等不到冰雪尽融的时候，就放一把火把雪屋都烧了，烧成另一个春天。

温一壶月光下酒

煮雪如果真有其事，别的东西也可以留下，我们可以用一个空瓶把今夜的桂花香装起来，等桂花谢了，秋天过去，再打开瓶盖，细细品尝。把初恋的温馨用一个精致的琉璃盒子盛装，等到青春过尽垂垂老矣的时候，掀开盒盖，扑面一股热流，足以使我们老怀甚慰。

这其中还有许多意想不到的情趣，譬如将月光装在酒壶里，用文火一起温来喝……此中有真意，乃是酒仙的境界。

有一次与朋友住在狮头山，每天黄昏时候在刻着“即心是佛”的大石头下开怀痛饮，常喝到月色满布才回到庙里睡觉，过着神仙一样的生活。最后一天我们都喝得有点儿醉了，携着酒壶下山，走到山下时顿觉胸中都是山香云气，酒气不知道跑到何方，才知道喝酒原有这样的境界。

有时候抽象的事物也可以让我们感知，有时候实体的事物也能转眼化为无形，岁月当是明证，我们活的时候真正感觉到自己是存在的，岁月的脚步一走过，转眼便如云烟无形。但是，这些消逝于无形的往事，却可以拿来下酒，酒后便会浮现出来。

喝酒是有哲学的，准备许多下酒菜，喝得杯盘狼藉是下乘的喝法；几粒花生米、一盘豆腐干，和三五好友天南地北是中乘的喝法；一个人独斟自酌，举杯邀明月，对影成三人，是上乘的喝法。

关于上乘的喝法，春天的时候可以面对满园怒放的杜鹃细饮五加皮；夏天的时候，在满树狂花中痛饮啤酒；秋日薄暮，用菊花煮竹叶青，人与海棠俱醉；冬寒时节，则面对篱笆间的忍冬花，用腊梅温一壶大曲。这种种，就到了无物不可下酒的境界。

当然，诗词也可以下酒。

《历代诗余》所引俞文豹《吹剑录》中谈到一个故事，提到苏东坡有一次在玉堂日，有一幕士善歌，东坡因问曰："我词何如柳七（即柳永）？"幕士对曰："柳郎中词，只合十七八女郎，执红牙板，歌'杨柳岸，晓风残月'。学士词，须关西大汉、铜琵琶、铁棹板，唱'大江东去'。"东坡为之绝倒。

这个故事也能引用到饮酒上来，喝淡酒的时候，宜读李清照；

喝甜酒时，宜读柳永；喝烈酒，则大歌东坡词。其他如辛弃疾，应饮高粱小口；读放翁，应大口喝大曲；读李后主，要用马祖老酒煮姜汁到出怨苦味时最好；至于陶渊明、李太白则浓淡皆宜，狂饮细品皆可。

喝纯酒自然有真味，但酒中别掺物事也自有情趣。范成大在《骖鸾录》里提到："番禺人作心字香，用素茉莉未开者，着净器，薄劈沉香，层层相间封，日一易，不待花蔫，花过香成。"我想，做茉莉心香的法门也应是掺酒的法门，有时不必直掺，斯能有纯酒的真味，也有纯酒所无的余香。我有一位朋友善做葡萄酒，酿酒时以秋天桂花围塞，酒成之际，桂香袅袅，直似天品。

我们读唐宋诗词，乃知饮酒不是容易的事。遥想李白当年斗酒诗百篇，气势如奔雷，作诗则如长鲸吸百川，可以知道这年头饮酒的人实在没有气魄。现代人饮酒讲格调，不讲诗酒。袁枚在《随园诗话》里提过杨诚斋的话："从来天分低拙之人，好谈格调，而不解风趣，何也？格调是空架子，有腔口易描，风趣专写性灵，非天才不办。"在秦楼酒馆饮酒作乐，这是格调，能把去年的月光温到今年才下酒，这是风趣，也是性灵，其中是有几分天分的。

《维摩经》里有一段天女散花的记载：正在菩萨为弟子讲经的时候，天女出现了，在菩萨与弟子之间遍撒鲜花，散布在菩萨身上的花全落在地上，散布在弟子身上的花却像糨糊那样粘在他们身上，弟子们不好意思，用神力想使它掉落也不掉落。仙女说："观菩萨花不着者，已断一切分别想故。譬如，人畏时，非人得其便。如是弟子畏生死故，色、声、香、味、触得其便也。已离畏者，一切五欲皆无能为也。结习未尽，花着身耳。结习尽者，花不着也。”

这也是非关格调，而是性灵。佛家虽然讲究酒、色、财、气四大皆空，我却觉得，喝酒到极处几可达佛家境界，试问，若能忍把浮名换作浅酌低唱，即使天女来散花也不能着身，荣辱皆忘，前尘往事化成一缕轻烟，尽成因果，不正是佛家所谓苦修深修的境界吗？

白玉盅

在所有的蔬菜里，苦瓜是最美的。

苦瓜外表的美是难以形容的，它晶润透明，在阳光中，仿佛是白玉一般，连它长卵形的疣状突起部分也长得那么细致，触摸起来清凉滑润，也是玉的感觉。所以我觉得最能代表苦瓜之美的，是清朝的玉器“白玉苦瓜”。白玉苦瓜是清朝写实性玉雕的代表之作，历来只看到它的雕工之细、写实之美，我觉得最动人的是雕这件作品的无名艺匠，他把“白玉”和“苦瓜”做一结合，确实是一个惊人的灵感。

比较起来，虽然“翠玉白菜”的声名远在“白玉苦瓜”之上，但是我认为苦瓜是比白菜更近于玉的质地，不论是视觉的、触觉的，还是感觉的。

苦瓜俗称“锦荔枝”“癞葡萄”，白玉苦瓜表现了形象的美，但是我觉得它还不能完全表现苦瓜的内容以及苦瓜的味觉。苦瓜切开也是美的，它的内部和种子是鲜红色，像是有生命流动的鲜血。有一次我把切开的苦瓜摆在白瓷的盘子里，红白相映，几乎是画笔所无法表达的。人站在苦瓜面前，尤其是夏天，心中就漫上一股凉意，那也只是一种感觉而已。

不管苦瓜有多么美丽，它还是用来吃的。我年幼的时候最怕吃苦瓜，因为老使我想起在灶角熬着的中药，总觉得好好的鲜美蔬菜不吃，为何一定要吃那么苦的瓜。偏偏家里就种着几株苦瓜，有时抗议无效，常被妈妈通告苦着脸吃苦瓜，说是苦瓜可以退火，其实是因为家中的苦瓜生产过剩。

嗜吃苦瓜还是这几年的事，也许是年纪大了，经历的苦事一多，苦瓜也不以为苦了；也许是苦瓜的美，让我在吃的时候忘却了它的苦；我想最主要的原因，应该是我发现苦瓜的苦不是涩苦，不是俗苦，而是在苦中自有一种甘味，好像人到中年怀想起少年时代惆怅的往事，苦乐相杂，难以析辨。

苦瓜有很多种吃法，我最喜欢的一种是江浙馆子里的“苦瓜生吃”，把苦瓜切成透明的薄片，蘸着酱油、醋和蒜末调成的酱，很奇怪，苦瓜生吃起来是不苦的，而是又香又脆，在满桌的油腻中，它独树一帜，没有一道菜比得上。有一回和画家王蓝一起进餐，他也最嗜苦瓜，一个人可以吃下一大盘，看他吃苦瓜，就像吃糖，一点儿也不苦。

有一家江浙馆别出心裁，把这道菜叫作“白玉生吃”，让人想起白玉含在口中的滋味，吃在口里自然想起故宫的白玉苦瓜，里面充满了美丽的联想。

画家席德进生前也爱吃苦瓜，不但懂吃，自己还能下厨；他最拿手的一道菜是苦瓜灌肉，每次请客都亲自做这道菜。上市场挑选最好的苦瓜，还有上好的腱子肉，把肉细心地捣碎以后，塞在挖空的苦瓜里，要塞到饱满结实，或蒸或煮，别有风味。一次，画家请客，我看到他在厨房里剁肉，小心翼翼地塞到苦瓜中去，到吃苦瓜灌肉时，真觉得人生的享受无过于此。我们开玩笑地把画家的拿手菜取名为“白玉盅”，如今画家去了，他拿手的白玉盅也随他去了，我好几次吃这道菜，总品不出过去的那种滋味。

苦瓜真是一种奇异的蔬菜，它是最美的和最苦的结合，这种结合恐怕是造物者“美丽的错误”。以前有一种酸酸甜甜的饮料，广告词是“初恋的滋味”，我觉得苦瓜可以说是“失恋的滋味”，恋是美的，失是苦的，可是有恋就有失，有美就有苦，如果一个人不能尝苦，那么也就不能体会到那苦中的美。

我们都是吃过苦瓜的，却少有人看过苦瓜树。去年我在南部，看到一大片苦瓜田里长出累累的苦瓜，农民正在收采，他们把包着苦瓜的纸解开，采摘下来，就像在树上取下一颗颗的白玉。我站在田边，看着篮中满满的苦瓜，心中突然感动不已，我想，真正苦瓜生命里的美，是远远比故宫橱窗里的苦瓜还令人感动的。

我买了一个刚从田里采下的苦瓜，摆在家里，舍不得吃；放置几天以后，苦瓜枯萎了，失去了它白玉般的晶亮与透明，吃起来也丝毫不苦，风味尽失。这使我想起了人世间的许多事，美与苦是并生的，人不能只要美而不要苦，那么苦瓜的创作不能说是美丽的错误，它是人生真实的一个小影。

品味

近几年来，我们时常听到这样的讨论：“这个人有品味，或那个人有品味。”比起从前我们常听说：“这个人很有钱，那个人很有钱。”显然的，用品味来衡量一个人的标准，比起以有没有钱来做指标是进步得多了。

可惜的是，当我们说到品味，还是和物质倾向脱不了关系。例如我们常说某人对食物有品味，某人对衣着有品味，某人对家具有品味等等。以至于坊间的杂志，不管是办给女人看或男人看，凡是讲究品味的杂志刊登的无非是衣物、食物、装潢等等，它们的“同质性”之高，有时候大出我们的意料。

我是喜欢看杂志的人，每个月月初，我都会固定地到书店看当月的杂志，即使没有看遍，也大致都翻过一遍，然后就发现所谓的品味了。几乎所有的杂志（特别是给女性看的），介绍的无非是最新的流行、名家的设计、价钱昂贵的珠宝与服饰；在食物方面，则介绍那些精致与豪华的餐馆，让我们去消费；在新知方面，则脱不开爱情与性生活。

令人搞不懂的是，为什么本本如此，而且月月如此，难道这就是现代人的品味吗？

当然，如果纯就印刷与编排的品位来说，现在台湾的女性杂志可以说已经是世界一流的水准，有一些“同步发行”的杂志，甚至与世界一流的杂志毫厘不差了。值得思索的是，如果有一位女性完全接受这些号称一流品味的指导，来穿衣服、化妆、吃饭，是不是就会显得有品味呢？似乎还缺少一些什么，那所欠缺的是文化艺术的品味，以及令人格提升的品味。

一位想办女性杂志的朋友来看我，问及现在女性杂志最缺乏的东西，我说：“可以说是一种人文精神吧！”这人文精神意味的是独立思考、独立创造的精神，也意味着对文化、艺术的品味。人文精神是再好的印刷、编排也不能达到的，必须办杂志的人认识到其必要性才行。

“你为什么要办女性杂志呢？”我问。

朋友说，现在办女性杂志最容易赚钱，只要广告拉得好、印得漂亮，即使内容没有什么，也可以生存下去，光是在全省的美容院、洗发院各摆一本，一期就有数千本的销路了。

“如果办一本杂志只是如此，那么现在这样的杂志已经太多了，我们一定要在别的杂志最弱的环节中找到最强的一点，那最强的一点，可以说是对人生的思考，对生活的品味呀！”

“品味”这两个字真好，一共有四个口，就是体验，更深刻的体验，是品尝，更深入的品尝；套一句正流行的用语，就是“全方位地进入生活、提升生活的品质”。

一个人要有钱不容易，而要有品味则更难；一个社会有钱了，只剩下唯一的路走，就是使社会上的人迈入品味之路。

我们社会上的杂志够多了，将来能长久留存并对社会有贡献的，我相信正是那些有品味的杂志，办杂志的人，何不大家一起来想想人文精神的问题呢？

吃饭皇帝大

听说有一家比萨店，顾客一坐下来点菜，只要超过五分钟没送来，就完全免费招待，孩子感到好奇，一直吵着要去吃。

我们去的时候完全没有想到的情况是，餐厅大客满，等了半小时才有空位。果然，餐单印着五分钟尚未上菜免费招待，点完菜，孩子开始计时，不到四分钟就送来了，效率真是快得惊人。

但是，我立刻想到，为了赶这五分钟，我们坐了四十分钟的计程车，排队等候座位花去半小时，吃完饭还要花至少三十分钟回家。在餐单上五分钟的快速保证，每一分钟里都有二十分钟的代价。

这是现代人为了结局快速而轻忽过程的一个活生生的例证。我们赶着在五分钟上菜的心情，促使速食面、速食咖啡、速食餐厅大行其道。不仅在五分钟里做完菜，还希望不管做什么都不要超过五分钟，于是有了微波炉，尽管微波食品在做菜过程中毫无乐趣，微波食品的滋味普通，我们也只好使用，为了节省另外的五分钟。

不只是吃饭的五分钟，做其他事时，我们也要维持在每一秒钟操控局面或被操控，于是有了传真机、呼叫器、移动电话、电脑连线。为使目标立即呈现，我们做了许多遥控器，电视、音响、灯光、冷气，到大部分电器都附有遥控器。谁家的客厅桌子上，现在不是摆了一堆遥控器呢？

我们拼命把时间省下来，理论上时间增加了，实际上，我们在过程上所花费的时间还是惊人的。那种情形，就像电影大师蒙太奇之父爱森斯坦说的："许多人都以为悲剧使我们流泪，其实不然，是因为我们有流泪的需要，这世界才产生悲剧。"为了结局所产生的时间压缩，不仅未能使我们有更多空间来悠然生活，反而使我们更忙碌、烦恼、烦躁与不安，在暗地里付出更大的代价犹不自知。

这些代价最大的是，由于拼命想主控外境，反而终日被外境所转，失去敏于深思反省的气质，大部分人一整天在压缩的时间下生活，回到家立刻累倒了，哪有时间思维，做心灵更深刻的开发呢？

其次，生活逐渐分成两边，一边是像吃饭这么"无用"的事物，甚至不肯花超过五分钟来等待，这已经不叫"吃饭"而叫"填鸭"。另一边则是充满快节奏的名利权位的诱引，整天奋力搏战，大部分人已经不知道放松、舒坦、从容是什么滋味了。

我们的生活如此紧张，所压榨出来的时间做什么用呢？用来"无聊"，用来"烦恼"，用来"比较"，用来"计划生涯"，计划怎么走向明日更忙碌的生活里去。

从一个更大的观点来看，生活中实在没有绝对必要的追求，那些在俗眼中绝不可缺的东西，在慧眼里看来都是浮沤一般。那些自以为做着惊天动地事业的人，有一天老了、死了，世界依然向前滚动。那些在呼叫器、移动电话里的催魂铃声，没有一声可以解决生命的困局。

打开生命的绳结，最好的方法是把时间与空间同等对待，打破过程与结局的界线，使从容与效率一样重要；也就是回到眼前来，使每一刻都变得丰盈而有价值。在这一点上，从前的禅师说的"活在当下""活在眼前""看脚下""喝茶去""吃粥也未？""吃饭时吃饭，睡觉时睡觉"已经是很好的见解了。

台湾乡下有一句俗语：会吃才会大，会消才会活；会爬才会跑，会困才会做。这是认识到平等观照生活而生的智慧之语。吃饭是重要的，它滋养色身使我们长大，但比吃饭更重要的是排泄，一天不吃喝不会怎样，一天不排泄就完蛋了。会跑是重要的，但跑的方法始于爬行。会做是重要的，睡觉却比会做更要紧，铁打的身体三天不睡，也就委顿了。

由生活平等的智慧而产生一句更值得思考的话："吃饭皇帝大。"意思是吃饭这件事的重要性胜过皇帝，因为从前的农村生活需要气力，力气的来源还是食物的补充，因此把吃饭看得比任何事都重要，即使是皇帝的圣旨驾到，也要等吃过饭再说。

我想起从前割稻的农忙时节，其紧张的状况并不亚于现代人的奔忙，吃饭与点心都是在收割的稻田中进行。每当热腾腾的饭菜从家里挑来，大家就会互相吆喝："来哇，吃饭皇帝大。"然后大家或坐或蹲在田岸吃饭，那样专心与陶醉地吃饭，使我每次回想都感到动容。那种生活里单纯的渴望，对工作与吃饭同等专注的态度，在现代社会已经逐渐被遗忘了。

还有一句大家都知道的“歹竹出好笋”，现在被一般人解释为坏的父母也可能生出好子孙。其实种过竹笋的人都知道原意不是这样，是指如果要竹笋长得好，就要砍掉一部分杂枝，竹笋才会有足够的养料，“歹”是动词，有“砍”的意思。我把“歹竹出好笋”解释为，一个人一定要下决心砍除生活中繁复的杂枝，才会长出好的智慧芽苗。维持生活的单纯与专注，是提升慧心最好的方法。

不仅慧心来自每一刻充盈的对待，生命中有情的态度、感恩的胸怀、广大的包容都可能来自从容时的步步莲花。这种在每时每刻都以全部心情融入的境界叫作“通身是手眼，无一处不是手眼”；叫作“一月普现一切水，一切水归一月摄”；叫作“好雪片片，不落别处”；叫作“五月松风，人间无价。柳绿花红，江山满目”……

我很喜欢白隐禅师的说法，有学僧问他：“为什么说‘毛吞巨海，芥纳须弥’？”他说：“清茶一杯，煎饼一只。”

法身无相、法眼无瑕。一个人如果能在一杯清茶、一只煎饼中体会生命真实的滋味，随时保有横亘十方、纵横三际的气势，行于所当行、止于不可不止的胸襟，那么生活从容一些、情感单纯一些、追求减少一些、效率舒缓一些，又有何妨？

林妈妈水饺

市场里有个小摊，叫作“林妈妈水饺”，做的饺子好吃是附近有名的。

我走过饺子摊的时候都会去买一些饺子回家，二十个一盒的饺子卖三十五元，三盒一百元，有时候就站在那里，欣赏林妈妈与她的先生包饺子，他们的动作十分利落，看起来就像表演艺术一样，一盒饺子一分钟就包好了。

林先生与林妈妈的气质都很好，他们的书卷气看起来一点儿都不像是在市场包饺子的小贩，他们的人与摊子永远都那样洁净，简直可以用一尘不染来形容。

他们时常带着微笑，一人坐一边，俩人包饺子的速度一模一样，包出来的饺子也一模一样。由于饺子好吃，生意好得不得了，常要等一二十分钟才能买到饺子，因此在摊子旁边总是围满等待饺子的人，大家都很安静，仿佛看他们包饺子是享受一般。

但是他们不是天天在固定的地方摆摊，只有星期一、三、六的黄昏才到这里来，有一次我忍不住问：“为什么不天天来呢？”

健谈的林先生立刻接口说："因为我们在四个不同的地方摆摊子哩！饺子可以买回家冷冻，很少人会天天买饺子，通常两天买一次就很多了。"

买饺子的时候，我站在旁边等待，有时就和林先生、林妈妈聊起来，才知道他们原来不是路边的摊贩，林先生做了很多年的杂货批发生意，从大盘商那里批货，送到各地的杂货店去，由于守信尽责，生意做得很不错，但在五六年前做不下去了。

"生意为什么做不下去呢？"

林先生感慨地说："到处都开起超级市场，他们都是直接进货，根本不需要中盘的批发。再加上连锁经营的超级商店愈来愈多，统一、味全、义美、新东阳到处都是，连一般的小杂货店都收了，何况是批发，不知道要批给谁呀！"

他不得已把批发的事业收了，接下来失业好几个月，正好遇到一位朋友是在路边摆摊卖饺子，劝他何不摆个水饺摊。夫妻两个从头学习包水饺，他说："包水饺不是简单的事，我研究了很久才出来摆摊子，像配料、作料、馅料都要加得恰到好处，这样才能维持品质，我们摆摊子的人靠的是口碑和信用，慢慢地就做起来了。"

像现在，"林妈妈水饺"的口碑和信用都做起来了，他在四个地方摆摊子，每个地方都要排队等待才能买到。

"生意这么好，一天可以包多少个饺子呢？"

“每天包的饺子在一万到一万五千个之间。”林先生说。旁边站着的人一阵哗然，他们的饺子一个一块六毛五，有人算了一下，一天可以卖出一万六千元到二万四千元之间，一个月的盈收超过四十万。

“真是不得了，比上班好太多了！”旁边的一位主妇忍不住叫起来。

“对呀！早知道包饺子生意这么好，我早就不做食品批发，来卖饺子了。”林先生风趣地说，但是他立刻更正说：“不过，卖饺子也真的很辛苦，在家里的时间都在忙配料，出来摆摊的时候，一坐就是一整天，每一个饺子都是辛苦捏出来的，不像上班，偶尔还可以休息、偷懒一下。”

林先生真实的说法令我也感到吃惊，没想到占地不到半坪的一张桌子，一天可以制造一万个以上的饺子，也没有想到摆摊子一个月有数十万的收入。不禁想起老辈时常说的：“要做牛，免惊无犁可拖。”一个人只要勤劳、肯用心，天确实没有绝人之路，不仅不会绝人，还会让人在绝境中开展出新的天地。

台湾的经济奇迹，是由一些平凡的老百姓勤劳与用心而建造起来的。隐没在我们生活四周的“排骨大王”“豆浆大王”“臭豆腐大王”等等各种大王，也是像林妈妈水饺一样，是一个一个在平凡中捏塑出来的，说不定哪一天，“林妈妈水饺”就会变成“林妈妈水饺大王”了。

我们不必欣羡小小的饺子摊可以带来那么高的收入，因为只要一个人守本分、肯勤劳用心于生活，都可能创造类似的奇迹，就像林先生说的:“我觉得咱生在这里的人真好，只要肯做，就赚得到钱，这世界上有太多地方，即使你肯做，也不一定赚得到钱！”

买好水饺，我沿着市场泥泞的小巷走回家。看到更多我认识的乡亲，有的是从阳明山载菜来卖的，有的是从宜兰开车来卖海梨柑的，有的是从坪林挑菜来卖的小农，有的声嘶力竭地卖着自己种的柳丁，他们都那样认命无怨地在生活。在黄昏的市集散去之后，他们都会回到温暖的家，准备着明天生活的再出发，看着他们脸上坚强的表情，与生活的风霜拼斗，不禁令我感动起来。

我们在人世里扮演着不同的角色，那是由于各有不同的机缘，因此我们应该安于自己的角色，长存感谢的心，像我认识的市场小贩，有大部分都是慈济功德会的会员，他们以行善布施来表达他们内心的感恩。

夜里，煮着林妈妈饺子，感觉到有一种特别的温暖。是呀！在流转的人间，我们要互相爱护、互相尊重、互相崇敬，因为每一个人都不可轻侮，各有生命的尊严。

○ 陆 从容彼岸是生活

惜福

我的外祖母活到八十岁，她过世的时候我还年幼，有许多事已经淡忘了，但我清楚地记得她的两件事：一是她过世时十分安详，并未受病痛折磨；一是她一直到晚年仍然过着极端俭朴的生活。她所以那样俭朴不全然是经济的原因，而是她认为人应该“惜福”。

她不许家里有什么剩菜剩饭，因此到了晚年她还时常捡菜汤，把菜盘里剩的菜汤端起来喝而不顾子女的劝阻。她也要求我们吃饭时碗中不可剩下一粒米，常吓唬我们说：“不捡拾干净，长大了会生猫脸。”甚至有米粒落到了地上，她也捡起来吃。

除了这些，外祖母格外敬惜字纸，要丢弃的书籍簿本纸张绝不与污秽垃圾混在一起，须另外用火恭敬地焚烧。

她过世的前几年，常有人问她长寿的原因，那时她不仅长寿，身体也健康，她总是回答说，可能是因为惜福吧，由于珍惜自己的福气，才能福寿绵长。

我当时颇不能了解其中的意思，后来读了明朝学者袁了凡先生的《了凡四训》，说他年幼时遇到一个会算命的先生，卜了他一生的吉凶，其中有一条是说到他补贡生的时候，一共吃了“廪米九十一石五斗”，他感到十分可疑，直到补了贡生的时候，他一算正好吃了九十一石五斗廪米（按明朝学制，贡生之前是禀生，他们应得的米叫廪米，按月发给，所以易于计算）。

了凡先生从此“益信进退有命，迟速有时，淡然无求矣”。连一个人一生可以享用多少米都是命中所注，如果过度放纵地享用，不就提早在损伤自己的性命吗？

我佛释迦牟尼在经中也时常叫人惜福、节制饮食，他在《杂阿含经》中说：“人当自系念，每食知节量，是则诸受薄，安消而保寿。”在《四十二章经》中说：“财色之于人，譬如小儿贪刀刃之蜜甜，不足一食之美，然有截舌之患也。”都是在警醒人不可过多求多欲的生活，身心才能长保康泰。

尤其在《医经》里说得最为透彻：“食多有五罪：一者多睡眠。二者多病。三者多淫。四者不能讽诵经。五者多着世间。”

“人得病有十因缘：一者，久坐不饭。二者，食无贷……”（食无贷就是吃得过度。）

“有九因缘，命未当尽为横尽。一不应饭为饭。二为不量饭（不知节制地吃）。三为不习饭（不知时间地吃）。四为不出生（饭还没有消化，又吃饭）……如是九因缘，人命未尽为尽。点人当识，是当避，是已避，得两福：一者，得长寿。及得闻道好语，亦得久行道。”

饭在经书中只是象征，用以教人惜福，我们常见到年轻时过度放纵的人，到晚年总受疾病的折磨，或沦为贫苦无依，有的人更是等不到晚年的，足见佛经中所言句句真实。

近读弘一法师的演讲集，他谈到“青年佛教徒应注意的四项”，首要就是惜福，其次才是习劳、持戒、自尊，因为他认为在末法时代，人的福气是很微薄的，若不爱惜，将这很薄的福享尽了，就要受莫大的痛苦。

至于惜了福又怎样呢？法师说：“我们即使有十分福气，也只好享受二三分，所余的可以留到以后去享受；诸位或者能发大心，愿以我的福气布施一切众生，共同享受，那更好了。”

也只有惜福的人才能习于劳动，持守戒律，自我尊重，因此惜福是作为佛徒的第一件事，不能惜福则不能言及其他。一般娑婆世界的凡人也是如此，我们可曾见过一个耽溺酒色、纵情逐欲的人能够自尊、清明，而活得健康和长寿的呢？

惜福乃不是少福，而是惜福得福，这就是为什么平淡之人常享高寿的原因了。

净土之风

不知道是怎么飞来的，也不知道是何时飞来的，阳台的砖缝长出了一棵番茄树。在这无土无水的都市阳台，长出一棵番茄树使我讶异，但更令我惊奇的是，这番茄树竟在深秋长出了红艳艳的果实。

番茄树的种子如果有选择，应该会选择那些土地肥沃的田园吧！它是偶然落在阳台，完全不是它选择的。

不能选择土地的不只是番茄的种子，荒冢的马樱丹、溪畔的银合欢、杂生在山坡的菅芒、莲蕉，或紫丁香呀！它们也都是飘然地飞来、偶然地生成。

植物种子的飞翔是没有自己决定的力量的，它们努力地生长，到成熟具足的时候，等待着风力或者鸟兽，带着它们起飞，去更远的地方，它们唯一要有的信念就是生长，即使落在最贫瘠的阳台上，也要结出成熟具足的果实。

落在何处，就以最美的状态在何处生长、开花、结果。

从一个大的视景看起来，人的心也渺小如植物的种子，我们当然有“往生”更好的土地的心愿，可是需要等待一种风，让我们与流云飞翔，在远地开花。

我时常在想，我们往生净土就是那样的，我们就以现在的样子去，不必刻意地梳妆打扮，我们只要使自己的种子成熟具足，并信任风就好了。

对净土法门不能深信的人，往往难以触摸、难以体验净土是真实的存在，可是这世界的事物何处是真实的存在呢？甚至连我们身边的文明与历史，只有我们肯相信的才是真的。你相信台北的信义区从前都是树林与稻田吗？你相信台北火车站正对面以前是瓦房吗？

时间的实相并没有坐标，空间的实相也没有坐标，以我们为坐标，相信的，才是真的。

我相信阿弥陀佛是真的。

无须等待临终，因为每天的夜晚都是临终，我的喜悦不分昼夜，我的信心又分什么临终呢？阿弥陀佛一定会好好安排我们的，我只懂得相信与持念，让喜悦的莲花开着。

铃木大拙写过一本《念佛人》，其中有一段深深撞击着我：

不是我念佛，
是佛来碰撞我的心，

南无阿弥陀佛。

我想象着一粒番茄的种子，因为对风的信心，因为圆满成熟，所以在贫瘠之地也开花结果，这番茄如果落在肥沃的土地，也如是开花结果。对净土法门有信心的人，不管是投生在红尘滚滚的人间或黄金铺地的净土，必也是那样一如一味，感恩于浮世的，必欢欣于净土。

我是学佛数年后才契入净土法门的，我也常常鼓励年轻人念佛，那是因为体会到人间已经如此繁杂，需要一个绝对纯粹简易的法门，让我们活着心安，死时安心。我虽宣扬净土法门，但对净土是基于信心与体验，并没有研究，所以每次廖阅鹏兄对我谈起净土研究的种种心得，总使我动容赞叹，更坚定我对西方极乐世界的信心。

阅鹏兄那些关于净土的慧见深思不能普为众生共知，常使我感到十分遗憾，如今，他把多年来的净土研究辑为《佛陀的美丽新世界》一书，使这遗憾一扫而空，相信不曾修习净土法门的人，读了这本书将会断疑生信；已经修习净土法门的人，则会坚定信念，一往无悔。

其实，佛陀的美丽新世界到处都有，那浮在莲花瓣的露水，一指即划开土地的新笋，为阳光转动头部的野花，万里飞翔不迷途的候鸟，无心出岫的云，清澈温柔的水……人间里，何处不是弥陀的声音与显现呢？

青青翠竹，皆是法身，南无阿弥陀佛。

郁郁黄花，无非般若，南无阿弥陀佛。

读完阅鹏兄的《佛陀的美丽新世界》，再回来看人间的美丽新世界，就会看见世界的光明与飞跃。

不论阳光，或是黑暗；不论人间，或者净土；只要有六字在心，就会光明无畏。

让一般人摸索口袋，寻找更多的钞票、权势与名位吧！我们不必摸索，我们的怀中有最尊贵的阿弥陀佛。

我在贫瘠的土地依然生长、开花，是为了让种子成熟具足，等待来自净土的风，凌空一跃。

呀！南无阿弥陀佛。

茶香一叶

在坪林乡，春茶刚刚收成结束，茶农忙碌的脸上才展开了笑容，陪我们坐在庭前喝茶，他把那还带着新焙炉火气味的茶叶放到壶里，冲出来一股新鲜的春气，溢满了一整座才刷新不久的客厅。

茶农说："你早一个月来的话，整个坪林乡人谈的都是茶，想的也都是茶，到一个人家里总会问：采收得怎样？今年烘焙得如何？茶炒出来的样色好不好？茶价好还是坏？甚至谈天气也是因为与采茶有关才谈它，直到春茶全采完了，才能谈一点儿茶以外的事。"听他这样说，我们都忍不住笑了，好像他好不容易从茶的影子走了出来，终于能做一些与茶无关的事情，好险！

慢慢地，他谈得兴起，把一斤三千元的茶也拿出来泡了，边倒茶边说："你别小看这一斤三千元的茶，是比赛得奖的，同样的品质，在台北的茶店可能就是八千元的价格。在我们坪林，一两五十元的茶算是好茶了，可是在台北一两五十元的茶里还掺有许多茶梗子。"

"一般农民看我们种茶的茶价那么高，喝起茶来又是慢条斯理，觉得茶农的生活满悠闲的，其实不然，我们忙起来的时候比任何农民都要忙。"

“忙到什么情况呢？”我问他。

他说，茶叶在春天的生长是很快的，今天要采的茶叶不能留到明天，因为今天还是嫩叶，明天就是粗叶子，价钱相差几十倍，所以赶清晨出去一定得采到黄昏才回家，回到家以后，茶叶又不能放，一放那新鲜的气息就没有了，因而必须连夜烘焙，往往工作到天亮，天亮的时候又赶着去采昨夜萌发出来的新芽。

而且这种忙碌的工作是全家总动员，不分男女老少。在茶乡，往往一个孩子七八岁时就懂得采茶和炒茶了，一到春茶盛产的时节，茶乡里所有孩子全在家帮忙采茶炒茶，学校几乎停顿，他们把这一连串为茶忙碌的日子叫“茶假”——但孩子放茶假的时候，比起日常在学校还要忙碌得多。

主人为我们倒了他亲手种植和烘焙的茶，一时之间，茶香四溢。文山包种茶比起乌龙还带着一点儿溪水清澈的气息，乌龙这些年被宠得有点儿像贵族了，文山包种则还带着乡下平民那种天真纯朴的亲切与风味。

主人为我们说了一则今年采茶时发生的故事。他由于白天忙着采茶、分茶，夜里还要炒茶，忙到几天几夜都不睡觉，连吃饭都没有时间，添一碗饭在炒茶的炉子前随便扒扒就解决了一餐，不眠不休的工作只希望今年能采个好价钱。

“有一天采茶回来，马上炒茶，晚餐的时候自己添碗饭吃着，扒了一口，就睡着了，饭碗落在地上打破都不知道，人就躺在饭粒上面，隔一段时间梦见茶炒焦了，惊醒过来，才发现嘴里还含着一口饭，一嚼发现味道不对，原来饭在口里发酵了，带着米酒的香气。”主人说着说着就笑起来了，我却听到了笑声背后的一些辛酸。人忙碌到这种情况，真是难以想象，抬头看窗外那一畦畦夹在树林山坡间的茶园，即使现在茶采完了，还时而看见茶农在园中工作的身影，摆在我们面前的壶中的茶叶原来不是轻易得来的。

主人又换了一泡新茶，他说：“刚喝的是生茶，现在我泡的是三分仔（即炒到三分的熟茶），你试试看。”然后他从壶中倒出了黄金一样色泽的茶汁来，比生茶更有一种古朴的气息。他说：“做茶的有一句话，说是‘南有冻顶乌龙，北有文山包种’，其实，冻顶乌龙和文山包种各有各的胜场，乌龙较浓，包种较清，乌龙较香，包种较甜，都是台湾之宝，可惜大家只熟悉冻顶乌龙，对文山的包种茶反而陌生，这是很不公平的事。”

对于不公平的事，主人似有许多感慨，他的家在坪林乡山上的渔光村，从坪林要步行两个小时才到，遗世而独立地生活着，除了种茶，闲来也种一些香菇，他住的地方在海拔八百米高的地方，为什么选择住这样高的山上？“那是因为茶和香菇在越高的地方长得越好。”

即使在这么高的地方，近年来也常有人造访，主人带着乡下传统的习惯，凡是有客人来总是亲切招待，请喝茶请吃饭，临走还送一点自种的茶叶。他说：“可是有一次来了两个人，我们想招待吃饭，忙着到厨房做菜，过一下子出来，发现客厅的东西被偷走了一大堆，真是令人伤心哪！人在这时比狗还不如，你喂狗吃饭，它至少不会咬你。”

主人家居不远的地方，有北势溪环绕，山下有一个秀丽的大舌湖，假日时候常有青年到这里露营，青年人所到之处，总是垃圾满地，鱼虾死灭，草树被践踏，然后他们拍拍屁股走了，把苦果留给当地居民去尝。他说：“二十年前，我也做过青年，可是我们那时的青年好像不是这样的，现在的青年几乎都是不知爱惜大地的，看他们毒鱼的那种手段，真是令人毛骨悚然，这里面有许多还是大学生。只要有青年来露营，山上人家养的鸡就常常失踪。有一次，全村的人生气了，茶也不采了，活也不做了，等着抓偷鸡的人，最后抓到了，是一个大学生，村人叫他一只鸡赔一万块，他还理直气壮地问：天下哪有这么贵的鸡？我告诉他说：一只鸡是不贵，可是为了抓你，每个人本来可以采一千五百元茶叶的，都放弃了，为了抓你，我们已经损失好几万了。”

这一段话，说得在座的几个茶农都大笑起来。另一个老茶农接着说：“文山区是台北市的水源地，有许多台北人就怪我们把水源弄脏了，其实不是，我们更需要干净的水源，保护都来不及，怎么舍得弄脏？把水源弄脏的是台北人自己，每星期有五十万台北人到坪林来，人回去了，却把五十万人份的垃圾留在坪林。”

在山上茶农的眼中，台北人是骄横的、自私的、不友善的、任意破坏山林与溪河的一种动物。有一位茶农说得最幽默：“你看台北人自己把台北搞成什么样子，我每次去，差一点儿窒息回来！一想到我们辛辛苦苦种出来的最好的茶要给这样的人喝，心里就不舒服。”

谈话的时候，他们几乎忘记了我是台北来客，纷纷对这个城市抱怨起来。在我们自己看来，台北城市的道德、伦理、精神只是出了问题；但在乡人的眼中，这个城市的道德、伦理、精神是几年前早就崩溃了。

主人看看天色，估计出我们下山的时间，泡了今春他自己烘焙出来的最满意的茶。那茶还有今年春天清凉的山上气息，掀开壶盖，看到原来卷缩的茶叶都伸展开来，感到一种莫名的欢喜，心里想着，这是一座茶乡里一个平凡茶农的家，我们为了品早春的新茶，老远跑来，却得到了许多新的教育，原来就是一片茶叶，它的来历也是不凡的，就如同它的香气一样是不可估量的。

从山上回来，我每次冲泡带回来的茶叶，眼前仿佛浮起茶农扒一口饭睡着的样子，想着他口中发酵的一口饭，说给朋友听，他们一口咬定："吹牛的，不相信他们可能忙到那样，饭含在口里怎么可能发酵呢？"我说："如果饭没有在口里发酵，哪里编得出来这样的故事呢？"朋友哑口无言。

然后我就在喝茶时反省地自问：为什么我信任只见过一面的茶农，反而超过我相交多年的朋友呢？

疑问就在鼻息里化成一股清气，在身边围绕着。

忘情花的滋味

院子里的昙花突然间开了，一共十八朵。夜里，打开院子里的灯，坐在幽暗的室内望向窗外。乳白色的昙花在灯下有一种难言的姿色，每一朵都是一幅春天的风景。

昙花是不能近看的，它适合远观，近看的昙花只是昙花，一种炫目的美丽，远观的昙花就不同了，它像是池里的睡莲在夜间醒来，一步一步走到人们的前庭后院，而且这些挺立在池中的睡莲都一起爬到昙花枝上，弯下腰，吐露出白色的芬芳。

第二天清晨花全谢了，垂着低低的头，我和妻子商量着用什么方法吃那些凋谢的昙花。我说，昙花炒猪肉是最鲜美的一道菜，是我小时候常吃的。妻子说，昙花属于涅槃科，是吃斋的，不能与猪肉同炒，应该熬冰糖水，可以生津止咳，可以叫人宠辱皆忘。

后来我们把昙花熬了冰糖水，在春天的夜里喝昙花茶特别有一种清香的滋味。喝进喉里，它的香气仿佛是来自天的远方，比起阳明山上白云山庄的兰花茶毫不逊色——如果兰花是王者之香，昙花就是禅者之香，充满遥远、幽渺、神秘的气味。

果然，妻子说，昙花的另一个名字叫“忘情花”，忘情就是“寂焉不动情，若遗忘之者”，也就是《晋书》中说的“圣人忘情”。在缤纷灿烂的花世界里，“忘情花”不知是哪一位高人的命名，它为昙花的一生下了一个注解。昙花好像是一个隐者，举世滔滔中，昙花固守了自己的情，将一生的精华在一夜间吐放，它美得那么鲜明，那么短暂。因为鲜明，所以动人；因为短暂，才叫人难忘。当它死了之后，我们喝着用它煎熬成的昙花茶时，在昙花，它是忘情了，对我们，却把昙花遗忘的情喝进腹中，在腹中慢慢地酝酿。

由于喝昙花茶，使我想起童年时代吃昙花的几种滋味。

小时候，家后院种了一片昙花，因为妈妈是爱看昙花的，而爸爸却是爱吃昙花的。据爸爸说，最好吃的昙花是在它盛开的时候，又香又脆，可是妈妈不许，她不准任何人在昙花盛放时吃昙花，因此春天昙花开成一片白的时候，我们只好在旁边坐守，看它仰起的头垂下才敢吃它。

爸爸吃昙花有好几种方法。第一种方法是“昙花炒猪肉”，把切成细丝的昙花和肉丝丢进锅中，烈火一炒，就是一道令人垂涎的好菜，这一道菜里昙花的滋味像是雨后笋园中冒出来的香芹，滑润、轻淡、入口即不能忘。

第二种方法是“昙花炖鸡”，将整朵的昙花一一洗净和鸡块同炖，放一点儿姜丝，这一道菜里昙花的滋味有一点儿像香菇，汤是清的，捞起来的昙花还像活的一般。

第三种方法是“炸昙花饼”，用糖、面粉和鸡蛋打匀，把昙花沾满，放到油锅中炸到金黄色即可食，这一道菜里昙花的滋味香脆达于极致，任何饼都无法比拟。

我们童年在爸爸的调教下，几乎每个兄弟都是“食花的怪客”，我们吃过的还不只是昙花，也吃过朱槿花、栀子花、银莲花、红睡莲、野姜花和百合花，我们还吃过寒芒花的嫩芽、鸡冠花的叶、满天星的茎，以及水笔仔的幼根，每种花都有不同的滋味。那时候年纪小不知道怜香惜玉这一套，如今想起那些花魂，心中总是有一种罪过的感觉。

食花真是有罪的吗？食了昙花真能忘情吗？有一次读《本草纲目》，知道古人也是食花的，古人也食草。《本草纲目》谈到萱草时，引了李九华的《延寿书》说:“嫩苗为蔬，食之动风，令人昏然如醉，因名忘忧。”

如果萱草“忘忧草”的名是因之而起，我倒愿意为昙花是“忘情花”下一注解:“美花为蔬，食之忘情，令人淡然超脱，因名忘情。”

“忘情花”的滋味是宜于联想的，在我们的情感世界里，“忘情”几乎是不可能的境界，因为有爱就有纠结，有情就有牵缠，如何在纠结牵缠中能拔出身来，走向空旷不凡的天地，就要像“忘情花”一样在短暂的时间里开得美丽，等凋萎了以后，把那些纠结牵缠的情经过煎、炒、煮、炸的锻炼，然后一口一口吞入腹里，并将它埋到心底最深处，等到另一个开放的时刻。

每个人的情感都是有盛衰的，就像昙花即使忘情，也有兴谢。我们不是圣人，不能忘情，再好的歌者也有恍惚失曲的时候，再好的舞者也有乱节而忘形的时刻，我们是小小的凡人，不能有“爱到忘情近佛心”的境界，但是我们可以“藏情”，把完成过、失败过的情爱像一幅卷轴一样卷起来放在心灵的角落，让它沉潜，让它褪色，在岁月的足迹走过后打开来，看自己在卷轴空白处的落款，以及还鲜明如昔的刻印。

我们落过款、烙过印；我们惜过香、怜过玉。这就够了。忘情又如何？无情又如何？

曼妙的云

在往南投山中的小路，两旁的荔枝树结满果实，果实都已成熟了，泛着深沉饱满的红色，累累团聚在柔软的枝条，仿佛要垂到土地上一般。

荔枝园里戴斗笠的农妇正忙着收成，在蔚蓝的天空下，空气轻轻地流动，使忙碌采收荔枝的动作呈现出一种安静优美的图像，有如印象派的田园作品。

在这块土地上，我每回看到农作丰收，看到农人收成自己的辛勤果实，都感到深受震动，童年每一次收成的欢愉就从深处被唤醒出来，觉得生命或不免悲苦，收成至少使我们感受到有一个幸福的希望。

尤其是在这条路，正要去拜见印顺导师，使我的心似乎随着山路往上提升，因为这是我向往已久的心愿了。

我在学佛之初，曾深受印顺导师所著《妙云集》的影响。当时对佛经一知半解，阅读经典格外辛苦，常常往佛教的书店去钻，一次就搬回来一大箱书。有一次请回一套《妙云集》，看了一个月之久，我长久以来对佛教的谜团都在这套书里找到了答案，而我在思想上无法转动的疑窦，也在《妙云集》里得到了疏解。

一直到现在，印顺导师的《妙云集》还对我有几个重要的影响，一要出世与入世并重，二要佛学与学佛并行，三要大乘与小乘同钻，四要超越神化与俗化，五要走向平实与长远。总而言之，就是在中道里，一步一步稳健地向前。

对初学佛的人，不免多少会落于两边。例如认为佛教是在寻找来世的解脱之道，因此就忽视了今生；例如认为实践是唯一重要的，不必浪费时间阅读经典；例如要学就学大乘菩萨，小乘实在不值一观；例如着眼于炫奇的神通，不能回观平凡的众生；例如追求感应，而不能落实于现实生活……我在刚开始的时候，偶尔也会有这种偏失，幸好那时候读了《妙云集》，使我知道，真正的佛教实有更宽广的风格与更高远的境界，尤其是其中的“佛法概论”“成佛之道”以及关于经典的讲记，更使我的眼界大开，从此读佛经有如开罐饮蜜，终于尝到法味。

是以后来有人问我初学佛的人应该读哪些佛书，我都劝他们读《妙云集》，如果没有时间，读读《妙云选集》也是很好的，能建立起我们坚实的正知正信的基础。

由于有这一段《妙云集》的因缘，在我的心中，印顺导师是“和天一样高”的法门龙象，若以学术成就观之，也是国宝级的人物。这些年来，我参访过不少高僧大德，唯有印顺导师近年隐居山间，不接见访客，一直无缘亲近，这次因缘殊胜可以拜见，竟使我在前一天的晚上为之失眠，甚至快到他居住的地方，心口不由自主地怦怦乱跳，随行的朋友说，看我兴奋的样子，一点儿都不像是个修行人。

导师果然隐居在荔枝园子里，屋前屋后都被荔枝树包围，他的侍者出来接待我们，手里端一盘荔枝说，导师身体违和，所以在楼上休息，嘱我们先吃点儿荔枝，他要上楼通报。我便边吃荔枝边观察环境，导师住在一幢极朴素整洁的二层洋房，屋前有一个格局虽小却花树繁盛的花园，蝴蝶、蜜蜂、蜻蜓在院子里飞舞，不时传来一声极清越的鸟声，即使是早晨时分，也可以感受到这是极端宁静的所在。

同行的雅璇看我荔枝已经吃了半盘，说："我们还是先上楼向导师请安吧！"

导师坐在临东边的大窗前，看到我们，露出和煦的微笑说："你们来了呀！坐坐！"声音清爽结实。

礼拜过后，一时不知说些什么，竟沉默了一阵，他微笑地看着我们说："你们的信我收到了，问的问题都很大呀！恐怕短短的时间说不清楚。"这时我才正视他，发现与我在书里得到的印象有一点点的不同，书里的导师智慧如海，是严肃而知性的，就是他的相片看起来也是威严庄肃，但现在坐在我面前的导师全身的每一个细胞都散发着慈悲的香气，那样的温和而感性，真是出乎我的意料。

导师已经八十四岁，但他的气色看起来好极了，就像窗前荔枝的颜色，他坐在那里，给我的感觉是窗内窗外都有太阳。对于我们的来访，他很高兴，一直问我：“喝茶了没有？”当他说这一句时，使我想起赵州禅师。我对导师说，我读过他的《妙云集》，还有《中国禅宗史》和《空之探究》，获得许多法益，他不住地说：“很好，很好。”

我会读《中国禅宗史》和《空之探究》，是有一次我的皈依师父圣严法师问我：“你读过《中国禅宗史》和《空之探究》没有？”我摇头。师父说：“你好好地读，对你了解禅宗是有帮助的。”后来我仔细阅读，果然给我很大的开启，理清了我对禅宗一些纠葛的思路。我把这一段报告给印顺导师听，他说，中国禅宗自己发展出很伟大的风格，它丰富了禅定的内容，使其可以在生命里实践，甚至在生活的每一细节展现出来，尤其是六祖的顿悟禅，使禅的生气勃发，成为般若的大海，真是了不起的成就，所以中国人应该特别珍惜禅宗。

我又问说：“禅宗是不是大乘呢？”导师笑起来：“当然是了。”

他的理由是，禅宗里讲身心净化，是要内净自心、外净世界，不是自我求了脱，因为一旦破了我执，世界与我就无所分别。而禅者也讲慈悲与智慧，其修行的顿悟，正是慈悲与智慧真正的实现。他说：“最重要的是实践，实践是禅最要紧的东西。”

许多人都知道印顺导师是当代伟大的思想家，对佛教学术有非凡的贡献，甚至以为他是个“学者”，其实在他的著作里，经常提示学人要实践，要学佛与佛学并重，不可使佛教成为理论。他自己当然是个实践者，他一向主张不只佛教徒要实践佛法，也要用佛法来改善现实社会，使佛法成为改进世间的方法，那是因为佛法以有情为本，它应该以大众为对象，使众生得到利益。

导师自幼体弱多病，经常活在生死边缘，我们读《印顺导师略谱》就知道，他几乎年年都生大病，有好几次甚至预立遗嘱，可以说他从来没有健康过，但是他从二十六岁开始佛学写作，五十几年来从未间断，时常病倒在床，仍然著述不断，他的信仰之坚定，毅力之坚强都是非凡的，他的为法忘躯就是最伟大的实践，也正是大乘菩萨的精神。他常说:“信仰佛法，而不去实践，是本末倒置的。”我们今天读导师的书，应该认识到他的实践精神才好。

后来，我们把椅子搬到院子来谈，导师的谈兴很好，他的声音铿锵有力，丝毫没有老态。他说到文殊佛教中心在谈的两个题目:“佛教徒应不应该有王永庆？”“佛教徒的婚姻观。”他说，佛教徒应该用几个角度看问题，一是自然，二是广大，三是圆融。金钱与婚姻都可以作如是观，只要有正命正业，佛教徒赚大钱没什么不好，正可以回馈社会，做布施行。婚姻也是如此，若能互相鼓舞，也可以成为佛化家庭，对社会有正面和良性的影响。

他说:“我们学佛的人不要看这个也不对，看那个也不对，什么都要扫来心里放着，这就是自寻烦恼。”导师的幽默，使我们听了都哈哈大笑，感觉到如同院子的阳光一样温暖。

我们谈了近两个小时，侍者来说导师应该休息了，大家才恭送导师回房。

在回来的路上，有一个人问我：“为什么称印顺导师为导师呢？这是个很特别的称呼呀！”

这个因缘可能很多人不知道，导师在三十六岁时（一九四一年），他的学生演培法师在四川合江县法王寺创办法王学院，礼聘他为“导师”，从此学众都称他“导师”。他初来台湾，台北善导寺也聘为“导师”，从此教内教外都称他为导师。正如后辈学佛的人称“广钦老和尚”“宣化上人”“悟明长老”“忏公”（忏云上人）、“圣严禅师”“星云大师”一样，“印顺导师”也标明并彰显了他名称的特质，正是引“导”千千万万的佛子走向了学佛正轨，足以为人天“师”范。

告辞导师下山的路上，我感到天地清朗，南投山上正飘浮着几朵单纯洁净的白云，俯视着人间，我想到导师曾写过一首偈：

愿此危脆身，仰凭三宝力；
教证得增上，自他感喜悦。
不计年复年，且度日又日；
圣道耀东南，静对万籁寂。

思及导师的人格与风范，在仰观苍空的时候，使我们有豁然之感，而天上的白云则是自由而曼妙，恍如最庄严的白莲花，在最高的地方，犹自在开放！

觉悟战士

我们都认识寺庙里与佛堂里的菩萨，并且对之虔诚地礼拜。但是我在礼拜菩萨的时候，常会想到菩萨是没有定相的，如果我们不能认识菩萨的心，万一有一天在街上遇见穿西装打领带的菩萨，不知道认不认得出来？不知道还能不能谦卑恭敬地礼拜？

穿西装打领带还是好的，假如他穿牛仔裤，我还能认识他吗？在佛陀的时代，许多修行的人常穿“粪扫衣”，假设有一天我们穿着很华美的衣服，一副宝相庄严的样子，突然在街边跑出一位穿粪扫衣的菩萨，我是会看见他的“粪扫衣”呢？还是能看见他的菩萨心？

因此，我偶尔会思及，认识佛堂里的菩萨是重要的，但认识活生生的菩萨，可能更要紧；对佛堂里的菩萨有恭敬心和谦卑心是简单的，对街上的菩萨生起同样的心就艰难了。这应该是印光大师为什么说“要看人人是菩萨，只有我是凡夫”的意思了。

这当然是一个很好的观点，使得我们佛教徒时常称人“菩萨”，于是有时候到道场去，会听到“老菩萨”“小菩萨”“大菩萨”互相称赞的声音此起彼落，真可以说是“一屋子菩萨”了。

对于一般人的应许为“菩萨”不是始自今日。禅宗公案里有一则说，从前有一位金牛和尚，担任寺里的典座，每至斋时，总是自顾自提着饭桶在僧堂前作舞，一边叫大家来吃饭：“菩萨子，吃饭来！”“菩萨子，吃饭来！”传说寺里的僧人听到了都会心有所动，使许多人得到了启发。

可是后来的禅师对这个公案看法并不一样，雪窦禅师就曾评述“菩萨子，吃饭来”说：“虽然如此，金牛不是好心。”有人问白隐禅师说：“叫人家作菩萨，叫人家吃饭这是好事，为什么雪窦说不是好心呢？”白隐说：“因为金牛和尚提的饭桶是空的。”

——这真是一个很好的棒喝，当我们被叫唤为“菩萨”时，都感到非常开心，但我们很少想到“这个饭桶是空的”，我们何德何能让人叫为“菩萨”呢？

然而，长庆禅师的看法和雪窦不同。僧问长庆：“古人道：‘菩萨子，吃饭来！’意旨如何？”长庆说：“大似因斋庆赞！”有人问白隐禅师说：“长庆禅师说的‘大似因斋庆赞’是什么意思呢？”白隐答说：“诵一次食毕偈就知道他的意思了，‘饭食已讫色力充，威震十方三世雄。回因转果不在念，一切众生获神通’。”

——这是站在金牛和尚的角度来看，是说他在内心里祈愿一切众生吃了他煮的饭菜，都可以得到转化，成为真正的菩萨。当我们称呼众生为“菩萨”时，也是因于这样深切的愿望呀！

其实，金牛、雪窦、长庆、白隐的看法都可以合起来看，确实，

“菩萨”行虽然不易，却也不是那么遥远不可捉摸的。只是当我们在称呼别人为“菩萨”时,心里应有真心的愿望;而我们被呼唤为“菩萨”时，则不应由于欣喜而迷失了，要来了解菩萨最基本的心行。

菩萨是“菩提萨埵”的简称，菩提，觉、智、道的意思;萨埵，众生、有情、勇猛之意。

菩萨，又译成觉有情、大觉有情、道众生、道心众生，意即是求道的大心人、求大觉的有情众生。

凡是发起勇猛求菩提心的人，希望走向自利利他觉行圆满的人；凡是以智上求无上菩提、以悲下化无量众生的人；凡是有未来成就佛果的愿望、现在正修诸波罗蜜行的人，我们都称为“菩萨”。

对于那些心量特别大的菩萨，志求无上菩提的大乘行者，我们称为摩诃萨埵、摩诃萨、菩萨摩诃萨、菩提萨埵摩诃萨埵、摩诃菩提质帝萨埵等等。

佛教经典里曾以各种不同的名字称呼菩萨，我们在这里举出一些较有代表性的:开士、大士、圣士、上人、无上、力士、无双、不思议、大自在、大功德、大道心、法王子、成就觉慧、最上照明、普能降伏、最胜萌芽……从这些译名我们可以联想到菩萨的一些特质。

古往今来，我们固然给菩萨各种不同的异名，但到了近代这些名称都固定了，往往不能给我们重重的一拳。有一次，我听宗萨蒋扬钦哲仁波切说，他把菩萨译成“觉悟战士”，心里觉得十分感动。

宗萨仁波切的意思是，现代的修行者走向菩萨道比从前的人难多了，原因是现代的生活复杂，烦恼繁多，时空扰乱，现代人的菩萨行几乎不可能平顺，因此发心于菩萨道的人要有如战士一样搏战，才可能真正进入菩提道的大门。

从“萨埵”的意思来说，我们时常忘记其中的勇猛之意，而勇猛也是菩萨极为重要的特质。

我们发起菩提心，有菩萨的愿望并去实践它，最需要有勇猛的心，要有向复杂的欲望、炽烈的烦恼、起落的生死奋战的勇气，就像一个战士上前线一样。

当然，上前线的战士会遭遇到很多情况，可能花许多力气去攻占一个据点，发现里面并没有敌人；也可能在沙滩登陆时，发现已被千军万马包围了。可能不发一枪一弹，已经横越千里；也可能弹尽援绝了，发现一寸地都无法前进。

不管是什么情况，作战的准备是一点儿也不能轻忽的。

记得服兵役的时候，有一个重要的作战推演，叫作“退回攻击发起线”。一个战士每天都是站在攻击发起线上，但如果作战无功，就要退回攻击发起线重作准备。准备什么呢？对‘觉悟战士”，就是更充足的觉悟态度、更深切的慈悲资粮、更有力量的智慧武器，唯有觉悟、慈悲、智慧，才可以让我们面对烦恼、痛苦、生死时无所畏惧。

觉悟战士的觉悟、智慧、慈悲是来自两个重要的认识：

一是同理心。对众生有一体感，知道有任何一个众生未得度、有一众生尚未圆满，心情若有憾焉，这是由于认识到每一众生都是我，我也是众生的一分子，布施、爱语、利行、同事四摄，就是根源于这种同理心。

二是平等心。知道众生的佛性平等，只要透过觉悟，都可以走入菩提愿海，终致成就，我对待任何一众生的心正是与供养诸佛菩萨的心平等无二。对任一众生不起一念非亲友想，不起一念非父母想，不起一念非菩萨想，这才是真实的平等心。

如果一个人有了同理心、平等心，那么他不做菩萨也很难了。

如果一个人有了同理心、平等心，就可以走出佛堂、大开心眼，认识那些穿西装打领带，甚至穿牛仔裤、粪扫衣的菩萨了。

如果是一个有同理心、平等心的觉悟战士，他不管到什么战场、面对什么烦恼，都可以心无挂碍、无有恐怖、远离颠倒梦想！

思想的天鹅

有时候我在想，人的思想究竟是像什么呢？有没有一种具象的事物可以来形容我们的思想？

偶尔，我觉得思想像彩色的蝴蝶，在盛开的花园中采蜜，但取其味，不损色香。而这蝴蝶不能在我们预设的花园中飞翔，它随风翻转，停在一些我们不能考察的花丛中，甚至让我们觉得，那蝴蝶停下来时有如一枝花。

偶尔，我觉得思想犹如海洋，广度与深度都不可探测，在它涌动的时候，或者平缓如波浪，或者飞溅如海啸，或者反映蓝天与星光。只是，思想在某些时候会有莫名的力量，像是渔汛或暖流、黑潮从不知的北方来到，那可能就是被称为“灵感”的东西。

偶尔，我觉得思想像是《诗经》中说的“鸢飞戾天，鱼跃于渊”的鸢或是鱼，上及飞鸟下至渊鱼，无不充满了生命力、无不欢欣悦豫，德教明察。鸢鸟的眼睛是最锐利的，可以在一千米以上的高空看见茂盛草原上奔跑的一只小鼠；鱼的眼睛则永远不闭，那是由于海中充满凶险，要随时改变位置。

不过，蝴蝶的翅力太弱，生命也太短暂；而海洋则过于博大，不能主宰；鸢呢？鸢太过强猛，欠缺温柔的品质；鱼则过于惊慌，因本能而生活。

如果愿意给思想一个形象，我愿自己的思想像天鹅一样。天鹅的古名叫鹄，是吉祥的鸟，是“燕雀安知鸿鹄之志”中的那种两翼张开有六尺长的大鸟，它生长于酷寒的北方，能顺着一定的轨迹，越过高山大河到达南方的温暖之地。它既善于飞翔，也善于游泳；它性情温和，而仪态优雅；它善知和群，能互相守望；它颜色分明，非白即黑；它能安于环境，不致过分执着……天鹅有许多好的品性，它的耐力、毅力与气质，都是令人倾倒的。芭蕾舞剧《天鹅湖》中，对情感至死不渝的天鹅，不知道让多少人为之动容。

我愿意自己的思想浩大如天鹅之越过长空，在动荡迁徙的道路上，不失去温和与优雅的气质。更要紧的是，天鹅是易于驯养的，使我不至于被思想牵动，而能主引自己的思想，让它在水草丰美的湖滨自在优游。

据说，驯养天鹅有两个方法，一个是把天鹅的一边翅膀修剪，使它失去平衡不能飞，它就会安住于湖边。另一个方法是，把天鹅养在一个较小的池塘里，由于天鹅的起飞，必须先在水中滑翔一段路途，才能凌空而去，若池塘太小，它滑翔的路程太短就不能起飞了。从前，欧洲的动物园用前一个方法驯养天鹅，后来觉得残忍，而且天鹅展翅的时候很丑陋，所以现在都用后面的方法。

驯养思想的天鹅似乎不必如此，而是确立一个水草丰美的湖泊作为天鹅的家乡，让它保持平衡的双翼（智慧与悲悯），也让它有广大的湖泊（清明的自性），然后就放心地让它展翅翱翔吧！只要我们知道天鹅是季候之鸟，不管它是飞到万里之外，它在心灵中永远不会忘记自己的家乡，经过数万里时空，在千百劫里流浪，有一天，它就会飞回它的家乡。

传说从前科举时代有一段时间，凡是到京城应试的士子都要穿“鹄袍”，译成白话就是要穿“天鹅服”，执事的人只要看见穿白袍的人就会肃然起敬，因为那些穿着白衣的年轻孩子，将来会有许多位至公卿，是不可轻视的。佛教把居士称为“白衣”，称为“素”，也是这个意思。

思想的天鹅也像是身穿白袍的士子，纯洁、青春，充满了对将来的热望，在起飞的那一刻不能轻视，因为它会万里翱翔，主宰人的一生。

在我的清明之湖泊，有一只时常起飞的天鹅，我看它凌空而去，用敏锐的眼睛看着世界，心里充满对生命探索的无限热诚。我让那只天鹅起飞，心里一点也不操心，因为我知道，天鹅有一个家乡，它的远途旅行只是偶然的栖息，它总会飞回来，并以一种优雅温柔的姿势，在湖中降落。

让人人心有莲花

一

与朋友谈到坐计程车的经验。

我说，一个人其实不发一言，我们就可以感受到他的个性、品质，甚至他的喜怒哀乐。以计程车来说，我们一坐进车里，就可以立刻感受到计程车司机的性情，整个影响了车的气氛。

那种气氛、情境，是很难说得清的。例如前几日我坐计程车，那位司机不知道为什么正在暴怒，他全身的怒箭在小小的车子中射来射去，乘客一上车就立刻中箭了，感受到一种骚动和不安。

反过来说，如果我们坐到心情愉悦的计程车也会立刻感受到，反而被引动了欢喜，我说到“心情愉悦的计程车”而不说“心情愉悦的计程车司机”，那是因为车子与司机根本是一体的。

我们不要期待个性和品质不佳的司机会带给我们愉悦的旅程。

我们也不要期待乱七八糟的车子里面会坐着一位温文儒雅、微笑待人的司机。

我们和每一位计程车司机相处的时间虽短，但也会影响我们一天的心情。

我的结论是：生命与计程车或有可供思考的相通之处，要使计程车里的气氛好，必须首先是司机的心情好、品质好、个性好。要使我们的环境好、社会好、文化好，必须首先提升我们的品质，转换我们的心情，改变我们的个性。

二

一个朋友说，他从来不敢坐计程车，平常都自己开车，不开车时就坐公交车或走路。

原因是，我们一旦坐上计程车，事实上是把个人生命的安危交给了司机，要是交给好的司机当然没问题，万一是所托非人，遇到不要命的或者疯狂的司机，那可就糟了。

使他对计程车那么恐惧的原因，源于几次坐车的经验。有一次，他坐的计程车当街与人相撞，因为司机开车太劳累，竟睡着了。

还有一次，他遇到一位疯狂的司机，开着车在街头狂飙，就像火箭一样，他想中途下车，竟被司机痛斥一顿。

最惨的一次是他坐上计程车。睡着了，醒来后发现计程车停在荒山野地,司机命他把身上财物交出,问他:“你是自己开门下车呢?还是我推你下车？”

他吓得连滚带爬地下山，从此再也不敢坐计程车了。

三

另一个朋友，是音乐家，他坐计程车的第一件事就是请司机关掉收音机。

他把计程车里的音乐和音响称之为“听觉污染”或者“听觉暴力”，是音乐家的耳朵完全不能忍受的。

然后他发表议论，说是台湾的“视觉美感”与“听觉美感”是多么俗化，多么令人痛恨。

他说:“视觉美感的俗化，从城市的外观可以看出来，我们如果要把台北市设计得最好的大楼列举十个出来,会发现根本做不到,因为整个台北，好看的建筑还不到十个。而听觉美感的俗化，从计程车的音乐可以听出来，有的计程车也有很好的音响，可惜因为耳盲，总不能欣赏好的音乐，所以我上车的第一件事就是请他们关收音机。”

朋友对音乐的爱憎分明，我可以赞同，不过，我不是那么绝然的。原因之一，我对人民的爱好向来抱持尊重的态度，觉得没有任何权威可以干涉人民对艺术与文化的偏好。原因之二，我不敢去干涉计程车司机，我们小心翼翼，温和亲切，有时都不免会触怒他们，何况叫他们关收音机呢？

所以我就问朋友说："你叫他们关收音机的反应如何？"

朋友说，大致可以分成四种。一种是根本不理你，假装没听见。一种是反而故意开得大声，故意气你。一种是二话不说，立刻刹车，请你下车，有的还说："在我的车里，我爱听什么就听什么。"最后一种是心甘情愿者或心不甘情不愿地把音乐关掉，这种人是最少最少的。

朋友的结论是："计程车司机是基层社会的反映，可见我们多年来在视觉与听觉方面的教育是多么缺乏。"

四

是呀！光是一个计程车的话题，就可以做竟日之谈，而且可以从各个角度切入，可见社会、文化的思维不只一端。

社会、时代、人的品质已经变成这样了，我们几乎无能为力了，但每当在失望灰心的时候，我就会想起莲花。

唯有保持莲花的心，才能从眼前的污泥中昂头挺胸！

莲花在中国知识分子中，不只是一种清明的立志，也是风采的展现。

莲花在佛教里不只是宝华庄严、妙法莲华，也是纯净、细腻、柔软、坚韧、芬芳的向往，从究竟来说，一个人如果心如莲花，纵使在红尘飞扬的世间，也不失去庄严、曼妙的心情。

当我写着或欢喜或悲哀、有时沉重有时轻灵、时而欣慰时而痛切的文章时，我总会想起很多年前在静夜里，我曾看过一池莲花，在水中芬芳地绽放。

我多么希望带着那些莲花，在每一个角落种植。

让人人心有莲花，来超越那好像扩散着的污泥。

五

把这本书定名为《处处莲花开》，是在表达我对文学、艺术、文化的向往，我觉得在一个粗鲁的时代，细腻是必要的；在一个赤裸的时代，含蓄是必要的；在一个野蛮的时代，温柔是必要的；在一个丑陋的时代，美丽是必要的！

当然，即使我们有所坚持，不免也会有所失落。

而一个作家不仅是在坚持那些已失落的，也在坚持那些可能失落的真价值。

那是因为我相信，在某些我们不可知的幽微角落，有些人创发了生命的态度，有新的醒觉，发展了更好的情操，只因为读了我们的文章。

这本书中有一篇记录我和刘焕荣会面的情形，一个杀人不眨眼的杀手，因为读了我的文章而重建了生命的价值，到如今想到还会令我震动。作为一个作家，不就是因为这样而存在的吗？一个作家的作品，不是因为他的读者的感动而显现其价值吗？

许许多多的读者，他们是支持我写作的动力，虽然我不知道他们是在哪一个地方哪一个角落，我深信我是与他们同行的，我们行行重行行，是希望在山穷水尽的时候，还能一起奋力走到那柳暗花明的村落呀！

六

在今年过年的时候，我自己写了一个诗偈：

十年夜雨心不冷
百鸟飞远天不远
千山越过水不浊
万花落尽春不尽

这个偈很能表达我近年来的心境，我把它敬献给亲爱的读者，希望我们都能“心热天晴，水清春好”；永远保持心内的向往、期盼与祝愿，永远不失去心里清明的莲花。

只要我们事事关心，时时眼亮，虽然花叶飘零，春天必会在满地的黄花落叶中，有一个灿烂的降临！

那时，我们就会看见莲花了。

佛鼓

住在佛寺里，为了看师父早课的仪礼，清晨四点就醒来了。走出屋外，月仍在中天，但在山边极远极远的天空，有一些早起的晨曦正在云的背后，使灰云有了一种透明的趣味，灰色的内部也仿佛早就织好了金橙色的衬里，好像一翻身就要金光万道了。

鸟还没有全醒，只偶尔传来几声低哑的短啾，听起来像是它们在春天的树梢夜眠有梦，为梦所惊，短短地叫了一声，翻个身，又睡去了。

最最鲜明的是醒在树上一大簇一大簇的凤凰花。这是南台湾的五月，凤凰的美丽到了顶峰，似乎有人开了染坊，就那样把整座山染红了，即使在灰蒙的清晨的寂静里，凤凰花的色泽也是非常雄辩的。它不是纯红，但比纯红更明亮，也不是橙色，却比橙色更艳丽。比起沉默站立的菩提树，在宁静中的凤凰花是吵闹的，好像在山上开了花市。

说菩提树沉默也不尽然。经过了寒冷的冬季，菩提树的叶子已经落尽，仅剩下一株株枯枝守候春天，在冥暗中看那些枯枝，格外有一种坚强不屈的姿势，有一些生发得早的，则从头到脚怒放着嫩芽，翠绿、透明、光滑、纯净，桃形叶片上的脉络在黑夜的凝视中，片片了了分明。我想到，这样平凡单纯的树竟是佛陀当年成道的地方，自己就在沉默的树与精进的芽中深深地感动着。

这时，在寺庙的角落中响动了木板的啪啪声，那是醒板，庄严、沉重地唤醒寺中的师父。醒板的声音其实是极轻极轻的，一般凡夫在沉睡的时候不可能听见，但出家人身心清净，不要说是醒板，怕是一根树枝落地也是历历可闻的吧！

醒板拍过，天空逐渐有了清明的颜色，燕子的声音开始多起来，像也是被醒板叫醒，准备着一起做早课了。

然后钟声响了。

佛寺里的钟声悠远绵长，犹如可以穿山越岭一般。它深深地渗入人心，带来一种警醒与沉静的力量。钟声敲了几下，我算到一半就糊涂了，只知道它先是沉重缓慢的咚嗡咚嗡咚嗡之声，接着是一段较快的节奏，嗡声灭去，仅剩咚咚的急响，最后又回到了明亮轻柔的钟声，在山中余韵袅袅。

听着这佛钟，想起朋友送我一卷见如法师唱念的《叩钟偈》。那钟的节奏是单纯缓慢的，但我第一次在静夜里听叩钟偈，险些落下泪来，好像被甘露遍洒，初闻天籁，想到人间能有几回听到这样美的音声，如何不为之动容呢？

晨钟自与叩钟偈不同。后来有师父告诉我，晨昏的大钟共敲一百零八下儿，因为一百零八下儿正是一岁的意思。一年有十二个月，有二十四个节气，有七十二候，加起来正合一百零八，就是要人岁岁年年日日时时都要警醒如钟。但是另一个法师说一百零八是在断一百零八种烦恼，钟声有它不可思议的力量。到底何者为是，我也不能明白，只知道听那钟声有一种感觉，像是一条飘满了落叶尘埃的山径，突然被钟声清扫，使人有勇气有精神爬到更高的地方，去看更远的风景。

钟声还在空气中震荡的时候，鼓响起来了。这时我正好走到“大悲殿”的前面，看到逐渐光明的鼓楼里站着一位比丘尼，身材并不高大，与她面前的鼓几乎不成比例，但她所击的鼓竟完整地包围了我的思维，甚至包围了整个空间。她细致的手掌，紧握鼓槌，充满了自信，鼓槌在鼓上飞舞游走，姿势极为优美，或缓或急，或如迅雷，或如飙风……

我站在通往大悲殿的台阶上看那小小的身影击鼓，不禁痴了。那鼓，密时如雨，不能穿指；缓时如波涛，汹涌不绝；猛时若海啸，标高数丈；轻时若微风，抚面轻柔；它急切的时候，好像声声唤着迷路归家时母亲的喊声；它优雅的时候，自在得一如天空飘过的澄明的云，可以飞到世界最远的地方……那是人间的鼓声，但好像不是人间，是来自天上或来自地心，或者来自更邈远之处。

鼓声歇止有一会儿，我才从沉醉的地方被叫醒。这时《维摩经》的一段经文突然闪照着我，文殊师利菩萨问维摩诘居士：“何等是菩萨入不二法门？”当场的五千个菩萨都寂静等待维摩诘的回答，维摩诘怎么回答呢？他默然不发一语，过了一会儿，文殊师利菩萨赞叹地说：“善哉，善哉！乃至无有文字、语言，是真入不二法门。”

后来有法师说起维摩诘的这一次沉默，忍不住赞叹地说：“维摩诘的一默，有如响雷。”诚然，当我听完佛鼓的那一段沉默里，几乎体会到了维摩诘沉默一如响雷的境界了。

往昔在台北听到日本“神鼓童”的表演时，我以为人间的鼓无有过于此者，真是神鼓！直到听闻佛鼓，才知道有更高的境界。神鼓童是好，但气喘吁吁，不比佛鼓的气定神闲；神鼓童是苦练出来的，表达了人力的高峰，佛鼓则好像本来就在那里，打鼓的比丘尼不是明星，只是单纯的行者；神鼓童是艺术，为表演而鼓，佛鼓是降伏魔邪，渡人出生死海，减少一切恶道之苦，为悲智行愿而鼓，因此妙响云集，不可思议。

最最重要的是，神鼓童讲境界，既讲境界就有个限度；佛是不讲境界的，因而佛鼓无边，不只醒人于迷，连鬼神也为之动容。

佛鼓敲完，早课才正式开始，我坐下来在台阶上，听着大悲殿里的经声，静静地注视那面大鼓，静静地，只是静静地注视那面鼓，刚刚响过的鼓声又如潮汹涌而来。

大悲殿的燕子

配着那鼓声，殿里的燕子也如潮地在面前穿梭细语。

我说如潮，是形影不断、音声不断的意思。大悲殿一路下来到女子佛学院的走廊、教室，密密麻麻的全是燕子的窝巢，每走一步抬头，就有一两个燕窝，有一些甚至完全包住了天花板上的吊灯，包到开灯而不见光。但是出家人慈悲为怀，全宝爱着燕子，在生命面前，灯算什么呢？

我仔细地看那燕窝，发现燕窝是泥塑的长形居所，它隆起的形状，很像旧时乡居土鼠的地穴，看起来是相当牢靠的。每一个燕窝住了不少燕子，你看到一个头钻出来，一剪翅，一只燕子飞远了，接着另一只钻出头来，一个窝总住着六七只燕，是不小的家庭了。

几乎是在佛鼓敲响的同时，燕子开始倾巢而出。于是天空上同时有了一两百只燕子在啁啾，穿梭如网。那一大群燕子，玄黑色的背，乳白色的腹，剪刀一样的翅膀和尾羽，在早晨刚亮的天空下有一种非凡的美丽。也有一部分熟练地从大悲殿的窗户里飞进飞出地戏耍，于是在庄严的诵经声中，有一两句是轻嫩的燕子的呢喃，显得格外地活泼起来。

燕子回巢时也是一奇，俯冲进入屋檐时并未减缓速度，几乎是在窝前紧急刹车，然后精准地钻进窝里，看起来饶有兴味。

大悲殿里燕子的数目，或者燕子的年龄，师父也并不知。有一位师父说得好，她说：“你不问，我还以为它们一直是住这里的，好像也不曾把它们当燕子，而是当成邻居。你不要小看了这些燕子，它们都会听经的，每天早晚课，燕子总是准时地飞出来，天空全是燕子。平常，就稀稀疏疏了。”

至于如何集结这样多的燕子，师父都说，佛寺的庄严清净慈悲喜舍是有情生命全能感知的。这是人间最安全之地，所以大悲殿里还有不知哪里跑来的狗，经常蹲踞在殿前，殿侧的大湖开满红白莲花，湖中有不可数的游鱼，据说听到经声时会浮到水面来。

过去深山丛林寺院，时常发生老虎、狐狸伏在殿下听经的事。听说过一个动人的故事，有一回一个法师诵经，七八只老虎跑来听，听到一半有一只打瞌睡，法师走过去拍拍它的脸颊说："听经的时候不要睡着了。"

我们无缘见老虎闻法，但有缘看到燕子礼佛、游鱼出听，不是一样的动人吗？

众生如此，人何不能时时警醒？

木鱼之眼

谈到警醒，在大雄宝殿、大智殿、大悲殿都有巨大的木鱼，摆在佛案的左侧，它巨大厚重，一人不能举动，诵经时木鱼声穿插其间。我常觉得在法器里，木鱼是比较沉重的、单调的，不像钟鼓磬钹的声音那样清明动人，但为什么木鱼那么重要？关键全在它的眼睛。

佛寺里的木鱼有两种，一种是整条挺直的鱼，与一般鱼没有两样，挂在庙堂，用粥饭时击之；另一种是圆形的鱼，连鱼鳞也是圆形，放在佛案，诵经时叩之。这两种不同形的鱼有一个共同的特征，就是眼睛奇大，与身体不成比例，有的木鱼，鱼眼大如拳头。我不能明白为何鱼有这么大的眼睛，或者为什么是木鱼，不是木虎、木狗，或木鸟？问了寺里的法师。

法师说：“鱼是永远不闭眼睛的，昼夜常醒，用木鱼做法器是为了警醒那些昏惰的人，尤其是叫修行的人志心于道，昼夜常醒。”

这下总算明白了木鱼的巨眼，但是那么长的时间醒着做些什么，总不能像鱼一样游来游去吧！

法师笑了起来：“昼夜长醒就是行住坐卧不忘修行，行法则不外六波罗蜜，一布施，二持戒，三忍辱，四精进，五禅定，六智慧，这些做起来，不要说昼夜长醒时间不够，可能五百世也不够用。”

木鱼是为了警醒，假如一个人常自警醒，木鱼就没有用处了。我常常想，浩如瀚海的佛教经典，其实是在讲心灵的种种尘垢和种种磨洗的方法，它只有一个目的，就是恢复人的本心里明澈朗照的功能，磨洗成一面镜子，使对人生宇宙的真理能了了分明。

磨洗不能只有方法，也要工具。现在寺院里的佛像、舍利子、钟鼓鱼磬、香花幢幡，无知的人视为是迷信的东西，却正是磨洗心灵的工具，如果心灵完全清明，佛像也可以不要了，何况是木鱼呢？

木鱼作为磨洗心灵的工具是极有典型意义的，它用永不睡眠的眼睛告诉我们，修行没有止境，心灵的磨洗也不能休息；住在清净寺院里的师父，昼夜在清洁自己的内心世界，居住在五浊尘世的我们，不是更应该磨洗自己的心吗？

因此我们不应忘了木鱼以及木鱼的巨眼。以木鱼为例，在佛寺里，凡人也常有能体会的智慧。

低头看得破

在佛寺里，凡人也常有能体会的智慧。像我在寺里看到比丘和比丘尼穿的鞋子，就不时地纳闷起来，那鞋其实是不实用的。一只僧鞋前后一共有六个破洞，那不是为了美观，似乎也不是为了凉爽。因为，假如是为了凉爽，大部分的出家人穿鞋，里面都穿了厚的布袜，何况一到冬天就难以保暖了。假如是为了美观，也不然，一来出家只求洁净，不讲美观；二来僧鞋的黑、灰、土三色都不是顶美的颜色。有了，大概是为了省布，节俭守戒是出家人的本分。也不是，因为僧鞋虽有六个洞，制作上的布料和连着的布是一样的，而且反而费工。那么，到底是为什么，僧鞋要破六个洞呢？

我遇到了一位法师，光是一只僧鞋的道理，他说了一个下午。他说，僧鞋的破六个洞是要出家人“低头看得破”。低头是谦诚有礼，看得破是要看破眼耳鼻舌身意六根，是要看破色声香味触法六尘，以及参破六道轮回，勘破贪嗔痴慢疑邪见六大烦恼。甚至也要看破人生的短暂，人身的渺小。

从积极的意义来说，这六个破洞是“六法戒”，就是不淫、不盗、不杀、不妄语、不饮酒、不非时食；是“六正行”，就是读诵、观察、礼拜、称名、赞叹、供养;以及是“六波罗蜜”:布施、持戒、忍辱、精进、禅定、智慧。

小小一只僧鞋就是天地无边广大了,让我们不得不佩服出家人。出家人不穿皮制品,因为非杀生不足以取皮革,出家人也不穿丝制品,因为一双丝鞋,可能需要牺牲一千条蚕的性命呢!就是穿棉布鞋,规矩不少,智慧无量。

最后我请了一双僧鞋回家,穿的时候我总是想:要低得下头,要看得破!

从最根深处站起来

一双未完成的鞋子

不管在什么时间，不管从什么地方走过，我们都很容易看到一个场景：许多人围聚在一起，看着出售货品的小小的摊位。

我们或者会停下来买一点儿东西。

我们或者会站着看他们卖些什么。

大部分的时间，我们视若无睹地走过，冷漠无情地走过。

于是，那些生活在我们四周的人，便与我们没有任何相干。我们不知道他们的生活、他们的背景，甚至不知道他们是从什么地方冒出来的。

有时候，我们会抱怨他们阻碍了交通，妨碍了秩序；有时候我们会为自己在无意中买了便宜的东西而高兴；有时候，我们会问：他们大概赚了不少钱吧？

这是我们对摊贩的一般概念。摊贩虽然与我们的生活有一定的联系，他们却仿佛生活在另一个神秘的世界里，我们看不见他们的辛酸，也看不见他们如何在最根深处站起来。

多年来，我接触了很多摊贩，我佩服他们面对生活的勇气。他们虽然做着最卑微的职业，但他们和生活苦斗着，光是这一点，就足以给我们很大的启示。

在写这些摊贩前，我想起了童年的经历。

七岁的时候，我用一个铜板一个铜板攒起来的钱，在小镇街边的摊位上买了一盒油彩。回到家里，我把十二种颜色的油彩一条条挤出来观察，当色彩从管子中出来的一瞬间，我领悟到了人间的色彩，那种彩色的感觉一直跟随我到今天。

然后我想，我要画什么呢？我选择了那个卖油彩的摊贩。

我便每天背着油彩坐在摊贩对街的农舍屋檐下，画那个瘦小的老摊贩。他那穿着厚重的棉衣、戴黑色毛线帽的形象给我很大的震撼，可惜当我画到他那一双“开口笑”的皮鞋时，一个警察走过来把他赶走了，致使我童年的第一张彩画一直没有完成，之后我再也没有见过那个老摊贩。我每天孤独地站在未完成的画前面，为无法给最后的那一双鞋子上色而苦痛不堪。

我甚至为他流泪了。他会到哪里去呢？他还会卖油彩吗？我疑惑而难过地思念着那位老人。童年那一段不快乐的经历给我日后的生活投下了很深的阴影，很久都无法散去，也使我对摊贩怀有一种特别的情愫——这些生活在社会最底层的“游牧民族”，在我内心投下了特殊的印象。

每当我遇见一个摊贩，童年的印象便会浮现出来。如今我写摊贩，只是要完成那最后一抹色彩，以了却多年来的心愿。

自足地面对生活挑战

冷风呼吼的冬天，我到东部一个小渔港去。清晨，我独自走到临近海边的鱼市场，为的是观察渔民在晨曦中如何进行他们的交易。

在鱼市场里，可爱的渔民们正在兴高采烈地出售他们的鱼。渔民们自兼摊贩，大声地吆喝着，让我觉得特别真实而感动，其中一个摊贩吸引了我。

只见他把鱼一箩筐一箩筐地从三轮货车上卸下来，大声叫着：“来哦！新鲜的！最好的鱼在这里！”

我走过去，他转过身来，我看见他嘴角留着两撇稀朗的猫须，有一些槟榔汁还残留在唇边。他戴着一顶载满风霜的鸭舌帽，穿一双黑色雨靴，衣服沾满了鱼的腥香，最让我吃惊的是他的表情——他始终带着微笑，非常自信自足地推销他经过一夜辛苦捕来的鱼。

渔民摊贩看到我拿了相机，欣悦地微笑着，然后抓起箩筐中的一条鱼对我说：“你要拍照就要拍最好的鱼，我这里的就是最好的鱼！”后来，我陪他一起卖鱼。由于他的自信，鱼很快卖完了，他高兴地收拾箩筐，哼起一首歌：“透早就出门，天色渐渐光……”

渔民四十二岁了，他告诉我，他生活的信心来自他的祖先。他在幼年时便陪父亲在鱼市场贩卖自己捕来的鱼，他说：“我们四代卖鱼了，当然卖得最好。”他认为渔民的生活虽然很辛苦，但是没有什么可抱怨的。“我祖父、父亲都这样过来了。”

那个渔民自足地面对生活挑战的态度，给我很大的撞击。我站在原地，看他的三轮货车绝尘而去，鱼市场喧嚣的声音突然隐去，只剩下他的形象在脑中盘旋。

去伤解郁，根治百病
妇女百病
心脏无力
关节抽痛
气血两虚
脚风手风
寒热咳嗽
九种胃痛
跌打损伤
五劳七伤
神经衰弱
失眠夜梦

梦泄遗精
精力不足
记忆减退

一块白布长条上写了这些用红漆写成的大字，一位神情健硕的老人正在白布后推销他的“祖传秘方”。

在南部一个小镇上，我很吃惊地站定，他那简单的药粉竟可以治愈那么多的“现代病”，尤其让我惊奇的是老人坚决的神情。

他说：“神经衰弱吃一包就见效，败肾失精吃两包就见效，各种胃肠病吃三包就见效。这款药粉不是普通的药粉，是数百种草药经过数十年炼成的，吃一罐治标，吃两罐治本，长期服用活百年。”

老人“去伤解郁，根治百病”的药方，竟然打动了旁观的民众，不到一个小时，药箱里的药几乎全卖光了，老人得了一万多元。他收拾好行李，我和他在傍晚的街上走着，他告诉我，这种药确实有效，这是他祖先几代赖以维生的药方，可以“有病治病，无病保身”，绝对错不了。

老人已经七十岁了，他还要将这个药方留给他的子孙，他说自己是个江湖人，每隔几天就要换一个码头。“只要带着一箱药粉，我就可以走遍天下了。”

穿着黑布鞋、黑长裤、白衬衫、红毛衣的老人，像流浪在乡间的许多江湖人一样，生命在默默的岁月中流转。

我不太相信一种药粉可以治百病，由于老人的流动性，药粉到底灵不灵也没有人检验过，但是我佩服老人的生命力。他就像他的药粉一样，在西药已经风行的今时今地，他还能坚韧有力地在乡间的每一个角落跳动。

不要忘记我们的粿

有一天我路过华西街，被路边一个三尺见方的小摊位吸引住了。只见一位二十出头的年轻人和他年轻的妻子正在忙碌地包装“红龟粿”“菜头粿”“芋仔粿”，卖给过路的人。

他们忙碌的情景很出乎我的意料，像粿这种传统的零食，没想到现在还这么受欢迎，许多中老年人路过时就会顺便买一个粿，边走边吃。

我访问了那对年轻夫妇，他们的摊位上只点了一盏五烛光[①] 的小灯。

他们在那里已经摆了四年的“粿摊”，收入相当不错。问他们最初的动机，他们说：“有一次在外祖母家里吃了粿，倍儿好吃，就想，这样的东西流传了数千年还受民众的欢迎，一定有它的道理，何不摆个摊位试试看呢？我们请教了外祖母制作方法，便尝试性地摆摊，没想到一摆就是几年。”

① 烛光：电灯泡的功率单位，即“瓦”。

那个粿摊很受欢迎，有固定的老主顾，尤其是年节庆典时更是供不应求，夫妻俩忙得不可开交。

本来沉默地站在一旁的太太说：“中国人还是吃中国人的东西习惯。”

他们的生活没有什么烦忧，夫妻俩都认为卖粿是“前景看好的行业”。我很喜欢这对勤劳的小夫妻，他们白日在家中努力地做粿，夜里出来摆摊，生活在自足的小天地里，而且他们的粿在那里已经摆出一点儿名声了。

我想，借着许多小摊贩，中国传统的吃食和民间工艺才得以保存，并在民间展现它的活力。如果没有这些勤劳的摊贩，很可能许多可贵的东西都要失传了。

那些失传的东西像粿一样，在民间小摊贩间总会留下一些肯定的声音：“红龟粿、菜头粿、芋仔粿……这里天天卖！”

捡回掉落的鞋子

摊贩们固守自己的天地，但生活并不是很安定的。有一回，我走过台北市的一条大马路时就看到一幕令人心惊的场景。

一排卖小吃的摊贩中有一位妇人，带着一个大约三岁的女孩在卖肉羹。许多人围着摊子吃着，一碗七元，妇人熟练地从大锅里舀出肉羹，放一点儿作料、一点儿青菜，然后端给站着喝肉羹的人。她不断地重复着那个单调的动作，最难得的是，脸上始终带着笑容。小女孩则乖巧地蹲在旁边玩耍。

“警察来了！”

突然，在前头的第一个摊贩叫起来，所有的摊贩便惊惶地奔跑起来。妇人的东西太多，她迅速用右手抄起女儿抱在怀中，左手推着那辆摊贩车向小巷中拐进去，许多吃肉羹的人端着碗跟着她的摊子一起跑。

很快，妇人与她的摊子消失在街的尽头了。但是，小女孩的拖鞋却因为匆忙奔跑，掉落在街心。空旷的街上，两只小鞋子显得格外凄冷。

两个穿着整齐的制服的警察走过，等他们走远了，那个妇女才蹑手蹑足地回来捡小女孩的鞋。

她那余悸犹存的心惊样子，一时之间也让我手足无措起来，不禁觉得悲凉。

难为了摊贩。他们有面对生活的勇气，但有时候，他们的自尊就像匆忙中掉落在大街上的鞋子一样，要一次一次捡回来，然后穿上，以面对新的挑战。当然，警察是对的，可摊贩为了求生活也没有错，那么，到底是什么地方错了呢？

从最根深的地方站立起来

每一个人都应该知道如何调整自己，以便在扰攘的尘世中立足，摊贩也不例外。他们不是生来便注定做摊贩的，因此他们必须不断地进行自我调整。

如果社会是一棵树，摊贩就是土地下最末梢的根须，我们也许会忽略他们，但是在一棵大树的成长中，他们供应了相当大的动力。

他们的自足、自信和挺然站立，使我们整个社会可以从最根深处站立起来。

写到这里，我又想起了童年那双未画完的摊贩的“开口笑”皮鞋。我还是留下了最后一笔，希望能常常面对它。

著作权合同登记号　　图字：01-2018-5670

图书在版编目（CIP）数据

为自己开一朵花 / 林清玄著 . — 北京：北京十月文艺出版社，2020.2
ISBN 978-7-5302-1956-0

Ⅰ . ①为… Ⅱ . ①林… Ⅲ . ①散文集—中国—当代 Ⅳ . ① I267

中国版本图书馆 CIP 数据核字（2019）第 104337 号

为自己开一朵花
WEI ZIJI KAI YI DUO HUA
林清玄 著

出　版　北京出版集团公司
　　　　北京十月文艺出版社
地　址　北京北三环中路 6 号
邮　编　100120
网　址　www.bph.com.cn
发　行　新经典发行有限公司
　　　　电话 (010)68423599　　邮箱 editor@readinglife.com
经　销　新华书店
印　刷　北京盛通印刷股份有限公司
版　次　2020 年 2 月第 1 版
　　　　2021 年 6 月第 2 次印刷
开　本　850 毫米 ×1168 毫米　1/32
印　张　9
字　数　205 千字
书　号　978-7-5302-1956-0
定　价　58.00 元
质量监督电话　010-58572393
如有印装质量问题，由本社负责调换